KB146755

문득 돌아보니 늘 그곳에 있었다

나를 응원해 준
수도자들의 이야기

현진 지음

문득 돌아보니
늘 그곳에 있었다

담앤북스

부처님은 수행길에서 도반道伴의 존재는 일부가 아니라 전부라는 말씀을 하셨고, 공자님은 세 사람이 만나면 반드시 한 사람의 스승이 있을 것이라 했다. 또한 세상이 학교이며 교사라는 잠언도 있다. 결국 사람들 속에서 진리를 배우고 삶의 답을 구해야 한다는 뜻이기도 하다.

절밥을 오래 먹어 보니 삶의 현장을 떠나서는 그 어떤 교훈도 없었다. 일상에서 마주하는 이웃들의 표정과 태도가 수행길의 죽비였고 선지식이었다. 나를 웃게 만들고 나를 울게 하던 다양한 사람과 사건들이 결국은 수행의 이정표가 되었기 때문이다.

나의 인생교실에서 만났던 수행자들은, 역행逆行보살도 있었고 순행順行보살도 있었지만 그 모두가 나를 지도해 준 훌륭한 교육자들이었다. 그들을 거울삼아 좋은 점은 따르고 나쁜 점은 고치며 인생의 퍼즐이 완성되어 갔다. 그 어떤 사람이든 내 허물을 돌아보게 하는 역할을 했다.

지금껏 여러 벗들이 있어서 수행 여정이 고립되거나 쓸쓸하지 않았으며 그들로 인해 인생수업이 더욱 알차게 되었다. 늘 따스한 정을 나누며 격려하고 이해해 주었던 명안종사明眼宗師들. 문득 돌아보니, 그들은 그곳에서 나의 삶을 응원하며 내 곁에 서 있었다.

이 책은 삶의 여로에서 나를 일깨우며 스승과 벗이 되어 주었던 수행자들의 이야기이다. 이미 고인이 되신 분들도 있지만 여기에 등장하는 인물들은 여전히 사바세계를 함께 걸어가며 진리를 탁마하는 고마운 현자들이다. 나는 다음 생에도 이들과 동행하며 출가의 길을 걸어갈 것이다.

난향천리蘭香千里이나 인향만리人香萬里라 했다. 한 사람 한 사람의 향기가 바람을 거슬러 세상에 퍼진다면 평화로운 정토가 되지 않겠는가. 그들 삶의 향기가 모여 세상이 보다 따뜻해지길 기대하며, 아울러 독자들의 청안청락을 빈다.

현진

목차

1장

앞섬과 뒤섬이 어울려서 지믕

성철 큰스님

가야산의 거목

경상남도 합천 해인사에서 중노릇을 배우던 사미^{沙彌} 시절에 성철^{性徹} 큰스님을 먼발치에서 처음 뵈었다. 안거^{安居(수행기간)}가 시작되는 날엔 큰 법당에서 법문을 하셨는데 나는 그 자리를 지키는 것만으로도 설레고 가슴 뛰었다. 가야산의 성자로 존경받던 어른 문하에서 가르침을 듣는 것만 해도 영광이었기 때문이다.

여름 안거를 시작하는 날 말씀하셨던 게송이 지금도 생생하다.

> 산호 베개로 침상에 누웠는데
> 얼굴로 흐르는 두 줄기 눈물이여
> 한 줄기 눈물은 그대를 그리워함이며
> 또 한 줄기 눈물은 그대를 원망함이라.

시 구절 같은 이 법어를 인용하시면서 "이번 공부 기간에 이러한 도리를 깨달으면 출가 본분을 다하는 것이고, 불조佛祖의 은혜에 보답하는 것이다."라며 주장자를 들어 보였는데, 큰스님의 형형한 눈빛은 뭔지 모를 서늘한 전율로 다가왔다. "대중들은 한마디 일러 보라!"는 일갈에 모두는 침묵했고 그럴 때마다 "밥값은 언제 할 것인가?" 하며 추상같은 꾸짖음을 주셨다. 나는 날 선 칼날처럼 팽팽하고 긴장되던 그러한 시간이 좋았다.

요즘은 그런 전통이 단절되고 말았지만 일주일 용맹정진이 시작되면 학인들도 참여할 수 있는 기회가 주어졌다. 성철 큰스님은 확철대오確徹大悟는 누구나 가능하다면서 신참내기 학인들도 이 기간 동안은 선원의 좌복에 앉아 참선을 하도록 허락하셨다. 그래서 생전 처음 선방으로 올라가 일주일 내내 잠자지 않고 눕지 않는 혹독한 정진을 체험했는데, 어쩌다 불쑥 성철 큰스님이 선실禪室을 방문하여 수행을 점검하시곤 했다.

큰방을 한 바퀴 돌면서 "열심히 공부 안 하면 공연히 밥만 축내는 거여! 그러니까 밥버러지 안 될라 하면 졸면 안 되는 기라." 하셨던 일이 마치 어제의 음성 같다. 그렇게 큰스님이 한 번 다녀가시고 나면 이상하게 긴장이 다시 팽팽해지면서 정진 열기가 되살아났다. 그게 어른의 덕화였고 법력이었다는 것을 나중에 알았다.

이러한 용맹정진에 참여하기 위해서는 큰스님에게 화두(숙제)를 받아야 했는데, 백련암을 방문하기 전에 반드시 삼천배를 마쳐야 자격이 주어졌다. 밤새워 절을 마치고 큰스님을 친견했을 때 빙그레 미소 지으며 "삼천배 빼먹고 올라온 이는 없지?" 하시며 격려해 주셨다. 그때 '마른 똥막대기'라는 숙제를 받았는데 이 문제를 지금껏 풀지 못하고 있다.

"무엇이 부처입니까?"

"마른 똥막대기다!"

출처는 무문관 제21칙으로, 운문 스님의 유명한 법문이다. 부처가 마른 똥막대기라니, 도대체 왜 그런 법어를 하신 걸까? 기존의 지식과 상식에서는 그 답을 구할 수 없고 오로지 자신을 철저히 응시할 때 독창적인 해답이 이루어질 것이다. 남의 목소리를 모방하거나 표절한다면 그 답에서 오히려 멀어진다. 그러므로 아직도 자성개오自性開悟의 그 도리는 묘연하다. 그것을 깨치게 될 때 내가 법상에 올라 사자후를 하는 날인데, 이제는 어른도 안 계시고 거듭 질문할 수도 없으니 아무래도 금생에는 틀린 일 같다.

내가 해인사를 떠나온 그다음 해에 큰스님의 열반 소식을 들었다. 전국에서 추모 인파가 인산인해를 이루어 인근의 길이 막히고 차가 엉기는 바람에 면 소재지에서부터 20킬로미터를 걸어 도착하니 영결식은 이미 끝나고 장례행렬이 다비장茶毘場으로 향하고 있었다. 지각생이 되어 화중생련火中生蓮하던 그 장엄한 의식을 지켜보았는데 그게 벌써 삼십 년 전 일이다.

내가 보거나 들었던 성철 큰스님 일화 몇 가지를 적어 본다.

큰스님은 아이들을 천진불 대하듯 좋아하셨다. 유일하게 아이들만 큰스님의 무릎에 앉을 수 있었다. 새해 첫날이 되면 어른을 따라 아이들이 백련암에 몰려들었는데, 절 아래에 살고 있는 아이에게 "너 몇 살이고?" 하며 물었다. 그때 아이가 "여섯 살."이라고 대답했는데 잘 들리지 않았는지 거듭 나이를 물었다. 갑자기 아이가 큰스님 귀에 대고 큰 소리로 "여섯 살이라고요!"라고 말하여 깜짝 놀라셨다. 아이가 떠난 후 큰스님은 껄껄 웃으며 "오늘 제대로 할 법문을 들었다." 하셨다. '할喝'은 불시에 고함을 지르는 행동으로 종래의 선사들이 제자를 깨우칠 때 사용했던 독특한 공부 방식이다.

그해 겨울은 매서운 찬바람이 불고 가야산 골짜기마다 눈이 쌓였다. 동안거를 시작하는 첫날 선열당禪悅堂에 모여 방장 스님의 법문을 듣고 있었다. 법상에 오른 성철 큰스님이, "한 철도 길다. 삼 일 혹은 칠 일 안에 공부를 마쳐라." 하고 법어를 내린 후 염려하는 눈빛으로 짐짓 일렀다. "여기 모인 수좌들 가운데서 목숨 걸고 독하게 공부할 사람이 몇이나 있을지 모르겠다. 다들, 논 열 마지기에 기집 하나 안겨 주면 속가로 나갈 멍청한 놈밖에 없는 것 같다." 그때 뒷자리에 앉아 있던 어떤 학인이 손을 들며 큰 소리로 외쳤다. "전, 절대 아닙니다!" 너무 자신만만한 까닭에 큰스님께 그만 대꾸를 한 것이다. 큰스님은 화를 내는 대신 빙그레 웃으며 "그래 두고 보자, 이놈아." 하셨다.

그로부터 몇 년 후, 자신 있게 대답했던 그 학인은 사랑하는 인연을 만나 환속하고 말았다. 누구나 수행길은 백 퍼센

트 장담할 수 없다. 지나친 자만과 오기는 스스로를 묶기도 하고 부러지게도 하기 때문이다.

참선에 몰두하던 젊은 스님이 백련암으로 찾아갔다. 성철 큰스님을 대면한 자리에서, "저는 염화미소拈華微笑 화두가 잘 되지 않습니다."라고 했다. 그 질문에 큰스님이 다시 질문을 던졌다. "화두를 어떻게 들고 있는데?" "세존이 꽃을 들었는데 가섭이 왜 웃었을까 하며 의심하고 있습니다." "너무 길다. 그냥 '가섭이 왜 웃었나?' 하고 의심해라." 그 순간, 갑갑하던 마음이 확 열렸다.

스승의 가르침은 이런 것이다. 이를테면 막힌 부분을 뚫어 줄 줄 아는 안목이다. 큰스님의 훈수에 궁금증이 풀어진 젊은 스님은 해우소에서 볼일을 보면서 이렇게 말했다. "나는 이제 저 똥통에 머리를 처박고 죽어도 아무 여한이 없다." 미혹의 길을 헤맬 때 바른길을 안내해 주는 준엄한 스승을 만날 수 있는 것만으로도 인생에서 축복이다.

혜암 큰스님

공부에는 추상같았던

해인사 원당암에서 후학을 지도하셨던 혜암慧菴 큰스님은 누구보다 용맹정진을 좋아하신 어른이다. 그래서 용맹정진에 참여한다면 스님이건 신도건 관계없이 무조건 가르침을 주고 칭찬을 아끼지 않으신 것으로 유명하다. 나 역시 철없던 시절에 큰스님을 불쑥 찾아가 서투른 질문을 던지며 어른을 번뇌롭게 했던 전력이 있다. 젊은 학인의 주제넘는 행동임에도 큰스님은 일일이 응대하며 공부 분상을 논하셨다.

큰스님의 기일을 앞두고 원당암을 방문했을 때 큰스님이 즐겨 가꾸셨던 남새밭은 그대로였으나 꽃밭은 많이 줄어 있었다. 꽃을 좋아하셨던 어른으로 기억의 바다에 남아 있다. 가을에 한창 피었다가 시들해진 구절초를 낫으로 베고 계시던 풍경도 잊히지 않는다. 꽃이 진 꽃대를 잘라 주어야 다음 꽃이 더 찬란하다는 말씀을 법문 삼아 하셨는데, 이곳의 정원을 거닐 때마다 그 생각이 난다.

　해인사 선방에서 첫 철을 지낼 때, 혜암 큰스님도 대중들과 똑같이 정진 시간을 지키며 자리를 떠나지 않으셨다. 지금 생각해 보면 은퇴하고도 남을 고령이었음에도 후학을 위해 본분에 충실하셨다. 그해 용맹정진 기간에는 당신의 허리가 예전 같지 않다며 의자에 기대어 참여하셨는데 우리에겐 말 없는 귀감이 되었다. 내가 그 상황이었다면 노구를 핑계 삼아 슬쩍 물러났을 것이다.

　일주일 용맹정진 기간에는 죽어서 송장이 되지 않는 한 산문을 나가지 못한다. 그만큼 목숨을 내놓고 공부하는 현장이라는 뜻이다. 그래서 용맹정진 기간에는 환자가 발생하더라도 병원에 가지 못하는 규칙이 있다. 병원 치료를 위해 산문을 나가는 그 즉시 자격 상실이 되기 때문에 정진을 포기하든지 병고를 견디든지 둘 중 하나를 선택해야 하는 것이다.

용맹정진 전날의 분위기는 장수가 출전 채비를 하는 것처럼 비장한 눈빛이다. 화두 타파를 위해 사투를 벌이는 싸움터나 다름없기 때문이다. 큰 탈 없이 잘 마쳐야 했기에 누구나 정중한 각오로 임할 수밖에 없다. 일주일 내내 잠자지 않고 눕지 않는 장좌불와에 도전하는 일이기에 체력 관리는 물론이고 정신 무장도 필요하다. 해인사의 이러한 전통은 성철 큰스님의 십 년 장좌불와 수행에서 비롯되었는데, 어른처럼 십 년은 못하더라도 일주일만이라도 그러한 초인적 정진력을 경험하라는 의미였다.

어느 해 겨울 용맹정진하던 때의 일이다. 내 앞줄에 앉아 있던 스님이 심하게 몸이 아픈 적이 있었다. 아픈 환자는 짐을 싸서 떠나든지, 아니면 큰방에서 정진하면서 끙끙 앓아야 한다. 당시 해인사 부방장副方丈으로 대중을 지도하시던 혜암 큰스님은 오히려 그 스님을 다그치는 것이었다. "죽어도 이 방에서 죽는다는 각오로 정진하시오. 수행자가 정진하다가 죽는 것은 가장 값진 죽음이오. 다시 한 번 용맹심을 내도록 하시오." 큰스님의 한마디에 아픈 스님은 그날부터 죽을힘을 다해 용맹정진에 참여하였고 결국 정진을 완수할 수 있었다. 이처럼 공부하는 자리에서는 인정사정 봐주지 않고 엄격하게 다그치며 재촉하셨다.

용맹정진 마지막 날은 꾸벅꾸벅 졸지 못한다. 깜빡 졸기라도 하면 죽비 경책이 사정없이 이어지는 까닭이다. 특히 자정부터 새벽 세 시까지는 '소나기 경책'이 계속되는데, 마치 소나기 퍼붓듯 죽비 소리가 요란하다. 죽비를 맞고 돌아서면 또 잠이 쏟아졌다. 이 시간은 수마睡魔의 공격이 거세지는 때라서 눈꺼풀의 무게가 정말 실감된다.

가끔 대중들이 수마에 깊이 빠져 죽비 경책도 소용없을 때가 생긴다. 이런 상황에서는 어김없이 혜암 큰스님이 나선다. 죽비로 졸고 있는 스님의 어깨를 사정없이 내리치는데, 그 소리가 선실을 쩌렁쩌렁 울린다. 작은 체구지만 죽비를 손에 들기만 하면 어디서 그런 힘이 나오는지 백여 명의 대중을 경책하고도 힘이 부치지 않으셨다. 나도 어른이 내리치는 죽비를 맞아 보았는데 등짝이 휘청할 정도로 따끔했다. 그 어떤 잠이라도 달아나지 않을 수 없었다. 스님의 매서운 죽비 경책을 받고 나면 저절로 허리가 펴지고 발소리만 들어도 눈이 떠진다.

한번은 몸집 좋은 학인이 마음 놓고 졸고 있었다. 나이 든 노인이 아무리 힘주어 쳐도 아프지 않을 것이라 생각했던 모양이다. 그런데 그날 그 학인스님은 어깨가 내려앉을 정도로 경책을 받고는 이렇게 말했다. "아무래도 죽비 끝으로 큰스님의 기氣가 모이는가 봅니다. 죽비가 어깨를 내리칠 때마다 아름드리나무로 내리치는 것 같았습니다. 정말, 공부를 다스리는 힘은 체구에서 나오는 것이 아니라 오랜 수련에서 나오는 것 같습니다."

그때처럼 죽비 맞아서 어깨 멍이 시퍼렇게 지더라도 대중들의 잠을 깨우던 큰스님의 경책이 다시 그립다. 고구정녕 '공부하다 죽으라!'시던 어른의 심정을 이제야 알 것 같다.

내가 강원 생활을 하던 1980년대 후반은 모든 것이 모자라고 힘들었지만 혜암 큰스님 같은 진실한 수도자를 만나고 때 묻지 않은 양심을 지닌 여러 스님들을 뵐 수 있어서 수행 길이 더 빛날 수 있었다. 다른 이에게 등불을 나누어 준다 해서 자기 불빛이 달라지지 않는다. 혜암 큰스님이 후학들에게 전해 준 수만 개의 등불은 어두운 세상을 밝히는 진리의 법등이 되고 있다.

법전 큰스님

절구통 수좌라 불렀던

흔히 법전法傳 큰스님을 부를 때 '절구통 수좌'라고 말한다. 이 별호는 육십 년 이상을 불문佛門에서 수행해 오신 큰스님의 행장을 함축하고 있는 말이다. 올곧은 선승禪僧으로 절구통처럼 든든하게 산문을 지킨 이 시대의 대표적 선지식이기 때문이다.

풋내기 수행자로 선방 말석에 앉아 있을 때였다. 당시 나는 다각茶角 소임을 보면서 장좌불와 용맹정진에 참여하게 되었다. 그때 법전 큰스님은 선원의 수좌首座로 계시면서 대중들을 지도하고 있었다.

그 수행 현장에서 큰스님을 '절구통 수좌'라 부르는 이유를 분명히 알게 되었다. 정말 절구통처럼 요지부동 앉아 계시는 것이었다. 젊은 우리는 꾸벅꾸벅 졸기도 하고 앉은 자세가 점점 구부러지는데도 큰스님은 허리를 곧추세우고 자세가 한결같았다. 일주일 동안 보여 주신 스님의 정진 자세는 그 어떤 법문보다 나를 감동시킨 말 없는 가르침이었다. 정말 미동도 없이 앉아 계시는지 곁눈질로 훔쳐보았지만 손가락 하나 까딱하지 않으셨다. 이처럼 앉았다 하면 그 자리에서 움직이지 않는다고 해서 '절구통 수좌'라 불렀다. 성철 큰스님도 "법전이는 못 당하겠다."고 칭찬하셨다는 일화가 있을 정도다.

정말 큰스님은 서 있을 때는 단신의 체구로 느껴지지만, 공부하는 자리에 앉으면 범접할 수 없는 태산처럼 높게 느껴졌다. 그래서 평소의 말수는 적었으나 몸소 행동으로 수행이 무엇인가를 보여 주신 분이다. 성철 대종사를 곁에서 그림자처럼 시봉하며 불교개혁과 승풍진작에 앞장섰으나 늘 겸손함으로 일관했던 스님의 삶은 오로지 화두참선 한길이었다. 수행 분상에서는 한 치의 빈틈도 없던 삶이었다. 이러하므로 큰스님을 이 시대의 대표적 선승으로 지목하는 것이다.

법전 큰스님을 가까이하면서 수행자의 고집은 타협을 거부하는 철저한 자기점검이라는 점을 깨달았다. 수행자의 고집은 때때로 아집과 독선이 되기도 하지만 눈 푸른 납자衲子의 본분에서는 강한 집중력으로 나타난다. '절구통 수좌'라는 말은, 한눈 돌리지 않고 무섭게 공부하는 큰스님의 정진 스타일을 대변하는 어휘지만 알고 보면 스님의 수행 원칙이나 다름없었다. 한때 해인사 주지 소임을 맡기도 하셨지만, 그야말로 이름만 올린 명자名字 주지나 다름없었다. 일체의 종무는 삼직三職에 일임하고 당신은 수선자修禪者로 화두 참구에만 전념하였다. 그래서 총림의 어른으로 더 추앙받았는지도 모르겠다.

스님은 언제나 과묵하셨다. 그렇다고 무서운 인상이 느껴지는 것은 아니다. 이 점이 나는 큰스님의 카리스마라고 생각한다. 선승 특유의 냉정함이 느껴지지만 타인에게는 너그럽고 부드러웠기 때문이다. 중언부언 없이 늘 요점만 간결하게 대화하는 스타일이라 법상의 법문도 언제나 간단명료하셨다.

부처란 가난하게 살면서도 마음에 증오와 미움이 없는 사람이라 했다. 이러하다면 법전 큰스님은 우리 곁에 가장 가까이 있었던 위대한 스승이었다 해도 과언이 아닐 것이다. 평소에 "산을 만나면 길을 닦고, 다리를 만나면 물을 건너라."며 후학을 독려하셨던 그 법어가 간절해지는 오늘이다.

어른스님은 대한불교조계종 종정을 역임하셨으며, 2014년 해인사 퇴설당에서 입적하셨다. 다시 속환사바하시어 미망에 눈이 멀어 일어나지 못하는 새끼 사자의 눈을 뜨게 해 주시길.

월암 스님

나의 학창 시절, 서점가에서 인기 있는 스님들이 꽤 있었다. 청담 스님의『마음에서 마음으로』라는 책부터 정다운 스님의『옷을 벗지 못하는 사람들』과 이향봉 스님의『사랑하며 용서하며』등이 베스트셀러 목록에 오르곤 했다. 물론 법정 스님은 그 당시에도 국민 수필가로 이름을 날리며 다양한 독자층을 형성하고 있었다. 그 이후 석용산 스님이『여보게, 저승 갈 때 뭘 가지고 가지』라는 수필집을 발표하여 엄청난 판

매고를 기록하며 방송에도 자주 출연했다.

그러고 보니 시대를 막론하고 대중에게 알려진 스타 스님들은 존재한 셈이다. 동자승 그림으로 유명해진 원성 스님과 벽안의 수행자 현각 스님도 있었고, 근래의 법륜 스님이나 혜민 스님에 이르기까지 불자와 국민들에게 사랑과 관심을 받아 온 승려 작가가 꽤 많다. 글머리부터 왜 이런 이야기를 하는가 하면 나의 스승을 소개하기 위해서다.

1980년대, 추천 작가로 등단한 승려 문인들은 그다지 많지 않았다. 내 기억 속엔 석성우, 이청화, 문혜관, 석자명, 황청원 스님 등이 남아 있다. 나의 스승 장이두 스님도 승려 시인으로 이분들과 교우하며 시작詩作 활동을 하셨는데 1978년 첫 시집『겨울 빗소리』를 발간했다. 당시 시단의 반응이 좋아 그 후로 여러 동인지 회원으로 참여하신 것으로 알고 있다. 뒤이어 첫 산문집『향리鄕里에 이르는 길』을 출간하며 세상과 소통하기 시작하셨다.

무슨 인연이었던지 내가 중학교 시절에『향리에 이르는 길』을 읽게 되었고 '장이두'라는 이름을 처음 만났다. 그 당시 문인들의 책에는 표지 뒷면에 작가의 얼굴이 대문짝만하게 실렸는데, 사진 속 스님의 인상이 맑아서 은근슬쩍 마음이 끌렸다. 아마 나의 입산 길은 이러한 첫 만남의 호감이 강렬

하게 작용했다고 보아야 할 것이다.

정말로 우리 스님은 인물도 준수했고 언변도 뛰어났다. 어디에 서 있어도 돋보일 정도로 피부도 고왔다. 그런 외모에 시를 줄줄 외우고 사서삼경을 종횡으로 인용하며 법문을 거침없이 하셨으니 박수갈채가 늘 따라다니는 건 당연한 일이었을 것이다. 잘생긴 얼굴 때문에 자잘한 에피소드가 많았다며 나에게 자주 말씀하셨다.

젊은 시절 도반들과 어울려 전라도의 작은 섬으로 만행을 떠난 적이 있었단다. 첫날 밤을 마을회관에서 지내는데 동네 어부들이 찾아와 젊은 스님들에게 이것저것 물어보다가 전생 이야기를 하게 되었다. 어떤 어른이 "우리는 전생에 무엇이었을 것 같소?" 하고 물어보았는데 그때 우리 스님이 사람들의 얼굴을 쳐다보며 "어르신은 전생에 가오리였고, 선생님은 오징어였고, 아주머니는 메기였습니다."라고 말했다가 "얼굴 반반한 양반이 우리를 놀려 먹네."라며 멱살잡이를 당할 뻔했단다.

아침 첫 배를 타고 섬을 빠져나오는데 저 멀리서 단발머리 소녀가 가슴에 들꽃을 한 아름 안고 뛰어왔다. 그리고 우리 스님 앞으로 다가오더니 꽃다발을 건네며 얼굴을 붉혔다. 뭐라 말할 시간도 없이 배는 움직이기 시작했고 소녀는 배에서 내려 멀어질 때까지 손을 흔들었다.

그때 일을 회상하실 적마다 "일찍 섬을 빠져나오지 않았다면 무슨 봉변을 당했을지 몰라. 순진한 소녀의 마음까지 설레게 했으니 곱게 보내 주지는 않았을 거여!"라고 하셨다.

우리 스님이 한국전쟁 참전 학도병 출신이라면 놀라는 분들이 많다. 스님이 보여 준 삶의 표정에서는 그런 신산한 궤적을 발견할 수 없기 때문이다. 전쟁터에서 북한 소년병을 사살하는 일을 겪은 후 그 충격이 트라우마로 남아 청년 시절에 방황하다가 입산하여 금오金烏 노스님을 만났다. 지리산에서 백일기도를 하면서 천도의식을 봉행하여 비로소 북한 소년의 원귀冤鬼에서 벗어날 수 있었다. 그 후 스님은 방랑 납자가 되어 전국 산하를 주유周遊하였는데 넝마주이가 되어 저잣거리의 삶을 체험하기도 했고 시골 서당에서 훈장 노릇도 하셨다. 전라남도 장성에는 스님께서 수행하며 교육했던 장소가 폐허로 남아 있다.

경상북도 김천 직지사 선방에서 금오 노스님을 모시고 정진할 때의 일화도 들었다. 좌선하다가 그날은 심하게 졸게 되었는데 노스님께서 아주 친절한 음성으로 법당 뒤쪽으로 부르시더란다. 따로 특별한 말씀을 주실 것으로 기대하였으나 다짜고짜 몽둥이로 사정없이 후려치는데 정신이 번쩍 들었다고 했다. 그 뒤로 졸음이 십만 팔천 리 달아나는 경험을 하였다면서, 공부를 점검할 때는 후학들에게 몰인정했던 노스님의 교육방식을 회고하셨다.

우리 스님의 법명은 정월精月이고 법호는 월암月庵이었으나 널리 알려지기는 이두二斗라는 필명이었다. 당신의 삶에서 '쌀 두 되'면 충분하다고 생각하셨단다. 한 되는 부처님께 공양 올리고 또 한 되는 중생을 위한 양식이라는 의미였다. 스스로의 생활도 그러했다. 명리에 초연했고 잡기는 멀리했으며 일생을 자족하면서 살아오신 삶이었다. 또한 권위와 파벌을 따지지 않고 온통 겸손으로 일관했던 생애이기도 했다. 스님의 유품을 정리하다 보니 재산이라 할 만한 것은 없었고 빛바랜 원고들과 책 몇 권이 전부였다. 남아 있는 제자들에게 '행복한 가난'을 물려주고 떠나신 셈이다.

내 기억의 바다에 스승님은 언제나 책을 보거나 글을 쓰고 계셨다. 스님 방엔 문예지들이 가득했고, 경향 각지의 문인들이 보내 준 서적들로 넘쳐났다. 그리고 다양한 사회 인사들과 폭넓게 교류하여 손님들이 자주 드나들었다. 일주일에 한두 번씩 스님 방을 청소하는 일이 그때의 내 소임이었는데 파지로 버린 원고지들이 이곳저곳 있었다. 한번은 이리저리 놓여 있던 책을 가지런하게 정리했더니 아직 다 읽지 못한

책들이라며 마음대로 손대지 말라 하셨다.

　그러나 말년에 이르러서는 당신의 시선집詩選集 교정과 출판을 나에게 부탁하여 서문도 당신이 구술하면 내가 정리하며 도와드렸다. 나의 첫 산문집『삭발하는 날』이 인쇄되어 나왔을 때 "자네는 문학을 좋아하지만 시는 못 쓰지?"라고 물었다. 아마도 진짜 글쟁이가 되려면 시를 쓸 줄 알아야 한다는 뜻으로 받아들였다.

　지금은 북한 땅이 되어 버린 강원도 김화에서 태어나신 스님은 전쟁이 발발하기 전에 남하하였는데, 언제나 고향에 대한 그리움을 가슴에 품고 사셨다. 그래서 스님의 글 속엔 향수가 짙게 배어 있고 고향 마을의 풍경을 노래한 표현들이 자주 등장한다. 특히 남하할 때 고향에 두고 온 누님의 소식을 듣지 못해 와병 중에도 안타까워하며 그리워하셨다.

　충청북도 청주 관음사 주지 소임을 살 때 곁에서 오래 모셨는데, 나에게 늘 따뜻했던 어른이었다. 다른 일은 생각나지 않고 언제 어느 때나 반갑게 맞아 주시던 자상한 얼굴만 떠오른다. 치료차 병원에 계실 때도 손을 잡으며 좋아하셨던 그 장면은 세월이 흘러도 어제 일처럼 선명하다.

　2017년 낙엽 분분할 때, 평생 시심詩心을 가꾸며 살아오신 산승답게 임종게臨終偈 대신에 열반시를 남기셨다. "맑은 바

람 밝은 달 너무도 풍족하니 나그네 길 가볍고 즐겁구나. 달빛 긷는 한겨울, 복사꽃이 나를 보고 웃는다."라며 홀연히 본래 자리로 걸어가셨다. 시간이 쌓일수록 스승에 대한 추모의 정은 산처럼 높아진다 했던가. 벌써 올해 가을이면 은사스님 열반 육 주기를 맞는다. 그렇지만 육신만 오고 갈 뿐 법신은 상주常住하는 것이므로 스승이 남긴 수행의 향기는 아직도 내 곁에 머물고 있다.

여연 스님

지난해 여름 가야산에서 한 달 머물면서 긴 휴가를 즐겼다. 실로 오랜만에 산중에 깃들어 몸과 마음을 쉬며 충전의 시간을 가졌다. 출가자들의 영원한 고향이라 할 수 있는 해인사. 이 땅의 수행자 절반 이상은 아마 해인사에서 수행한 인연이 있을 것이다. 그만큼 출가 사문들의 본산으로서 근대의 스승들이 여기에서 진리를 설파했고 지금도 그 수행 가풍을 계승하며 수많은 불제자를 배출하고 있는 도량이다.

해인사를 갈 때마다 마치 모교의 교정을 거니는 듯 감회에 젖는다. 왜냐하면 갓 입문하여 설익은 승행僧行을 배우던 20대 시절의 감성과 추억이 고스란히 담겨 있기 때문이다. 내 수행길의 동료와 선후배들을 그때 만났고, 순수한 양심을 지닌 어른들을 뵐 수 있었던 소중한 시절이다. 그즈음엔 부처님 일에 대한 지극한 정성과 간절한 신심을 지니고 살았던 스님들이 즐비했다.

이번 가야산에서의 한 달 휴식도 푸르렀던 그 시절을 회상하며 출가 서원을 다시 살피고자 선택한 행로였다. 출가 이후 포교와 전법에 매진하며 바쁘게 살아왔고, 머무는 곳마다 도량 정비와 신축 불사로 인해 건강이나 체력이 한계에 이르렀다. 나에게도 '잠시 멈춤'이라는 명령어가 필요했다. 그래서 첫 발심의 장소 해인사가 그리웠고 그곳엔 아직 동문同門들이 수행하고 있기에 위안이 될 수 있을 것 같았다. 역시 예상했던 대로 그 시절의 스님들이 산중을 지키고 있어서 낯설거나 서먹하지 않고 세월을 넘어 옛정을 나눌 수 있었다.

그 가운데 유독 반가운 선배스님을 뵈었다. 대흥사 일지암과 백련사 등 남도 지방에 오래 주석하다가 근년에 해인사로 돌아와 수행하는 여연如然 스님이다. 수행자에게도 귀소본능이 작용하는 것일까. 노년이 되면 출가본사의 옛 동무들과 절밥이 다시 생각난다고 한다. 그 때문인지 교구敎區 밖에서 활동하던 여연 스님이 뒤늦게나마 가야산에 정착한 것은 환영할 만하다. 노련한 경험과 두둑한 사고력을 지닌 백전노장이 산중으로 귀향하여 후학을 제접한다는 것은 매우 고무적인 일이기 때문이다.

지금은 우화당에 다주실茶主室이란 편액을 걸고 불교의 차문화를 정립하고 전승하는 일에 전념하고 계신다. 젊은 시절부터 일지암을 복원하여 다성茶聖으로 추앙받는 초의선사의 사상과 다도를 보급하고 확산하기 위해 다양한 저술과 강연에 몰두하셨으므로 그 분야엔 명인이라 해도 손색없을 것이다. 그러므로 큰절의 다주茶主 소임은 아주 적절한 자리라 할 수 있겠다.

나도 한때 다도에 관심이 많아 학인들끼리 다경회茶經會를 결성하여 여연 스님을 고문으로 모시고 헌다獻茶와 품다品茶를 하며 매월 소식지「다로경권茶爐經卷」을 발행하기도 했다. 어쨌거나 여연 스님의 통쾌하고 걸쭉한 입담과 재간은 여전하여 예전의 일화들을 회고하며 줄줄이 풀어놓았다. 여연 스님이 산문집『비가 내린 뒤의 사원 숲은 참으로 해맑다』를 출간했을 때 나는 그 책을 정독하며 문학도의 꿈을 꾸었다. 그 후 개정판을 인쇄하였는지 궁금하여 물었더니 "책 제목을 줄이면 '비, 참, 해'거든! 그래서 이젠 절판되고 없어."라고 답하여 박장대소했다.

여기서 밝히지만, 여연 스님은 학인 시절 나의 우상이었다. 그땐 교무를 맡고 계셨는데 월간 「해인」의 대표적인 필자였다. 당시는 불교개혁을 염원하고 불교의 사회적 역할을 고민하던 진보 성향의 출가자들이 모여 불교 잡지 「해인」을 이끌어 가고 있을 때였다. 나는 해인지에 발표되는 여연 스님의 날카로운 비평과 논리적 분석이 마음에 들어 매번 꼼꼼히 읽은 애독자였다. 지금도 그렇지만 스님의 반골 기질과 실험적 정신은 결국 새로운 불교운동을 모색하고 실천하는 근간이 되었다. 그 당시는 여연 스님을 비롯하여 후배들에게 귀감이 되어 주는 출중한 선배들이 참 많았다.

스님 방에는 오언절구의 가리개 병풍이 있는데, 추사의 부친 김노경이 초의선사에게 전해 준 시다.

우리 산중에 마르지 않는 샘물이 있는데
시방의 사람들에게 다 공양할 수 있으니
중생들이여 저마다 표주박 하나씩 가져와서
모두 다 둥근 달 하나씩 담아 가시게나.

김노경은 경상도 관찰사로 임명되었을 때 허물어진 해인사 대적광전을 수리하기 위해 재정을 지원했고 아들 추사는 중건 상량문을 지었다. 일찍이 초의선사의 삶을 흠모하여 선양사업에 열중하고 있는 다주스님 방에 무척 어울리는 글귀이다.

여연 스님은 모르는 분야가 없는 만물박사다. 뭐든 질문하면 막힘 없이 담론을 풀어놓는다. 역사, 철학, 심리, 사진, 도예, 미술, 문학 등 다양한 경지를 넘나든다. 언제 저토록 경험치를 높였을까 싶다. 어디 그뿐이랴. 강연은 물론이고 글도 잘 쓰고 음악에도 조예가 깊으며 고서에도 밝다. 어디 하나 빠지는 부분이 없으니 가히 대종장大宗匠이라 칭해도 손색없다.

한번은 서울에서 인문학 강의를 하다가 '와인'에 대한 상식이 부족한 것을 알고 심취할 만큼 본격적으로 공부했다고 한다. 음료와 관련한 주변 학문은 남에게 지고 못 사는 성격임을 알 수 있다. 그러니까 그 지식이 다변적이고 심층적일 수밖에 없다. 스님과 대화를 나누어 보면 그 세계가 얼마나 무궁무진한지 짐작 가능하다.

일지암 시절, 아끼던 음반을 도둑맞은 이야기도 재미있다. 볼일이 있어 며칠 암자를 비우고 돌아왔는데 외국 여행하며 어렵게 수집해 놓은 명곡 음반이 없어져 몇 날 며칠 속 상했다고 털어놓았다. 물건도 그 가치를 알아보는 놈이 탐을 내는 법이라며, 선율을 감상하며 음미했던 지인 중에 용의자가 있을 것이라 했다. 그러나 더 추궁하지 않고 그 일을 통해 취미도 지나치면 집착이 될 수 있다는 것을 알게 되었단다. 스님이 얼마나 음악을 좋아했으면 행자 시절 남몰래 이불 속에서 트랜지스터 라디오로 클래식을 듣다가 쫓겨날 뻔한 적도 있었다. 그때는 책과 음악을 엄격히 금하던 절집의 풍속이 무척 견디기 힘들었을 것이다.

여연 스님과 관련하여 회자되는 전설이 많다. 스님은 사찰 서점을 최초로 개설한 원조이기도 하다. 지금은 사찰마다 직영 서점들이 일반화되었지만 1980년대 중반에는 생각할 수 없는 일이었다. 그런데 여연 스님은 해인지의 인쇄비용을 충당하기 위해 해인사 경내에 〈연경당鉛經堂〉이라는 불교전 문서점을 열어 문화포교시대를 선도했다. 그리고 강원 학인 때는 종림 스님과 더불어 교과목을 개정하고 도서관 공간을 신설하여 열람체계를 확립했다. 이런 시도들은 낡은 관행을 혁파하고 시대에 부응하는 유연한 사고를 지녔던 스님의 사상을 엿볼 수 있는 일면이라 할 것이다.

강원 졸업 후 스님과 함께 긴 시간을 살아 본 일은 없다. 그렇지만 해인사에서 다시 뵈니 마음 듬직했다. 그 당시의 노스님들이 모두 열반하시고 어른의 지도력이 부족한 자리를 이제는 여연 스님이 대신할 수 있겠다는 생각이 들었다. 예술을 사랑하고 풍류를 구가할 줄 아는 원로 수행자가 그곳에 계시니 참 좋다. 여연 스님에게 붙는 수식어가 수없이 많을 것이다. 그러나 스님의 진짜 이름표는 청정하고 고고한 수행자다.

"깨달음의 길이 아득하고 높기만 하지만
절망감과 좌절감도 중요하고 의미 깊다.
그것을 통해 수행자는 새로운 길을 찾기 때문이다."

나에게 던져 준 이 법문이 스님 생애를 관통하는 문장 같아서 내 가슴에 오래 남았다.

혜남 스님

백세지사의 어른
百世之師

경상남도 양산 통도사에 계시는 혜남慧南 스님을 모시고 해외 방문을 다녀왔다. 어른의 세납 팔순을 기념하여 특별히 마련된 여행이었는데 돌이켜 생각해 보니 참 잘한 일 같다. 이제는 어른스님의 노구가 예전 같지 않아 먼 길 나서는 외유外遊는 쉽지 않을 듯하다. 또 그런 기회가 이번 생에 주어질지 모르겠다. 그러함에도 제자들과 동행하며 흔쾌히 일정을 허락해 준 자상함에 감사할 뿐이다. 갈수록 기력이 쇠하는 걸 뵈니 세월만 야속하다. 환갑 때는 태국을, 칠순엔 일본을 다녀왔는데 그 시절은 그나마 기력이 충만했을 때였다. 스님을 가까이 모실 수 있는 시간이 무한하지 않다는 생각에 마음이 조급해진다.

혜남 스님과는 사제지간의 정이 각별하다. 강단에서 강의하며 배출한 제자들이 꽤 많을 텐데도 나의 동기들과는 그 의미가 남다를 것이다. 왜냐하면 승단의 교육자로 임명되고 최초로 졸업시킨 첫 제자들이 바로 우리 기수이기 때문이다. 우리 또한 그 사실을 평생 자랑스럽게 여기며 교화의 길을 걷고 있다. 스님께서 일본 다이쇼대학에서 박사 과정을 마치고 갓 부임한 곳이 해인사 승가대학이었고 나를 비롯하여 동기들은 그때 학장이셨던 스님의 열강을 들으며 화엄학을 배웠다.

이런 인연으로 스님과 우리 동기들은 졸업 후에도 꾸준히 연락하며 안부를 묻고 친목을 도모해 왔다. 우리의 경안經眼을 열어 주고 올바른 수행자로 인도해 준 다정한 스승이 아직 건재하신 것만으로도 영광이다. 스님께서 '가장 빛나고 아름다운 시절은 해인사에서 강의하던 시간'이라 하셨는데, 제자들 또한 그 시절이 가장 풋풋한 때였다. 그러니까 스승과 제자는 시공을 넘나들며 보석 같은 추억을 공유하고 있는 셈이다.

　혜남 노사老師의 장점은 남에게 싫은 소리 못하고 가슴에 상처 주는 일을 하지 않는다는 것이다. 어쩌면 그것이 당신 삶의 가치이며 소신이다. 지금껏 스님에게 잔소리를 듣거나 꾸지람을 크게 들은 적 없다. 늘 부탁하듯 다정다감한 말투로 가르침을 전하는 어른이다. 이런 성품으로 인하여 여러 종립교육기관에서 다양한 직분을 맡으며 연구에 매진할 수 있었다. 그러한 스님께서 당신 삶의 오점은 은해사 승가대학 원장으로 추대되었을 때라 회상하셨다. 신임 원장이 먼저 결정되어 본의 아니게 전임자를 사임하게 만든 결과가 되었다며 두고두고 아쉬움을 토로하셨다. 다른 이와 척지는 것을 절대 용납하지 않는 인격이기에 그 일이 무척 미안했을 것이다.

　가을에 문안을 위해 친견했을 때 기계와 사람이 소통하는 시대를 걱정하시며 사람과 사람이 정을 나누어야 한다는 뜻을 전했다. 시대가 급변하여 이제는 사람보다 기계와 먼저 대면하는 상황이 되었고, 기계 없이는 편리한 생활도 불가능해졌다. 그러나 이런 때일수록 사람과 사람 사이에 온정이 더 필요하고 서로 대면하면서 친교를 나누어야 한다는 요지였다. 무표정한 기계가 지배할수록 우리 사회의 온도가 내려

가고, 사람의 가슴이 따스할수록 우리 사회의 온도가 상승한다는 보고서가 있다. 사람과 사람이 중심이 되어 우리 사회의 온도를 일정하게 유지해야 할 의무를 말씀하신 것이었다.

내가 머무는 절에 오셨을 때 잘 관리된 정원을 보며 당신의 일화를 소개하셨다. "법주사 강주로 있을 때 내 방 앞에 풀이 가득했어. 주지스님이 지나다가 '스님 처소는 손수 풀을 뽑아 주세요.' 하더라고. 그래서 내가 '저 풀도 생명을 누릴 권리가 있는데 그냥 두어도 때가 되면 없어질 것입니다.'라고 대답했지. 그 후 법주사를 떠나 시골집을 얻어 작은 절의 주지가 되었는데 마당의 풀을 뽑으면서 법주사에서의 언행이 비로소 돌아봐지더라." 살다 보면 남의 입장이 나의 입장이 될 때가 많다. 언제 상황이 뒤바뀔지 모르는 게 인생 아니던가. 그 일을 경험한 뒤 스님은 나의 일과 남의 일이 완전히 분리된 것은 아니라는 교훈을 배웠다고 고백하셨다.

혜남 스님은 당호는 중산中山이지만 강호講號는 남주南洲이다. 강호는 전강傳講 스승이 내려 주는 법호로서 강석講席에 있는 교육자에겐 무척 의미 있는 일. 강사로서의 자격을 인정받는 일이며 강맥講脈의 족보가 수여되는 것이므로 사부대중에게 공인받는 이름이기도 하다. 진리의 법등法燈은 사람이 사람에게 전해 왔는데, 스승에서 제자에게로 계승되는 그 계보를 흔히 법맥法脈이라 말한다. 자손은 혈맥으로 이어지고 진리는 법맥으로 이어져 왔던 것이다. 이러한 전통을 선종에서는 선맥禪脈, 교종에서는 강맥講脈, 율종에서는 율맥律脈이라 부른다.

설명이 좀 장황했지만 혜남 스님의 강맥은 전라남도 해남 대흥사의 운기 대강백大講伯에게서 전수傳受한 것이라는 것을 말하고 싶어서다. 현재 한국불교 강맥의 큰 줄기는 운기 문파가 형성하고 있다 하여도 과언이 아닌데, 혜남 스님 또한 당신의 강맥을 다음 제자에게 전하는 전강식을 여러 차례 봉행했다.

여기 마야사에서 전강식 자리를 마련하고 여덟 명의 제자에게 강맥을 전할 때 나도 그 의식에 일원으로 참여했다. 해인사에서 인연이 된 후 삼십여 년 만에 스승에게 정식으로 인가를 받은 것이다. 불법이 아무리 만고의 진리일지라도 그 뜻을 바르게 설하며 전하는 이들이 없다면 그 요의를 알지 못한다. 이러하기에 그날 혜남 스님은 제자들에게 다음과 같은 전법게로 정진을 당부하셨다.

어둠 속의 보배를 등불 없이는 볼 수 없듯
불법도 설하는 사람이 없으면

비록 지혜 있더라도 능히 알지 못하네.

스님께서 내게 내려 준 강호는 '청량淸涼'이다. 당나라 청량
국사는 화엄경의 종주로서 그 논소論疏는 가히 천하 으뜸이었
다. 그 위대한 분의 실명을 따온 것이라서 내겐 너무 버겁고
감당하기 어려운 이름이다. 이로써 나는 영광스럽게도 혜남
스님의 전강제자 반열에 오른 것인데 일찍이 생각해 본 적이
없었던 일이다. 아직은 계행이 서툴고 견문이 부족하여 스승
님의 고귀한 명예와 업적에 누가 되지 않을지 벌써 걱정부터
앞선다.

이미 열반하신 월암 스님이 나를 불문으로 이끈 스승이라
면 혜남 스님은 진리의 길로 안내한 스승이다. 내 생애에서
두 스승을 공경하며 섬기게 된 것은 큰 복이 아닐 수 없다. 독
학고루獨學孤陋라는 말처럼 스승 없이는 학문이 깊어질 수 없
고 인격 도야도 어렵기 때문이다. 스님은 최근 모든 공직에
서 물러나 책임에서 자유로운 뒷방 어른이 되었다. 그간 율
학 정립과 도제 양성에 몰두하신다고 편히 보낸 날이 없었을
것이다. 이제는 백세지사百世之師로서 후학들의 정신적 지도자
로 근념하시길 기원한다.

관암 스님

어느 해 월간 「해인」의 편집회의를 위해 제주도 별장에서 하룻밤을 지낸 적이 있다. 늦은 밤까지 이어진 이야기를 마치고 자정이 넘어서야 잠자리에 들었고, 모두들 늦잠을 자고 말았다. 날은 이미 밝았고 아침 공양을 해야 할 때, 후다닥 공양 준비를 위해 주방으로 달려갔다. 그런데 식탁에는 이미 아침상이 준비되어 있었다. 우리 일행이 잠든 사이에 누군가 일어나서 아침밥을 준비했던 것이다. 공양주보살도 없었던 그날, 일행들은 대접받는 기분으로 즐거운 식사를 하였던 기억이 난다.

그때 아침밥을 지었던 밀행密行의 주인공이 바로 관암觀庵 스님이다. 스님은 이렇게 솔선수범 수행자다. 십수 년 동안 관암 스님과 수행의 길을 걷고 있지만 엇나가는 모습을 보지 못했다. 언제나 올바른 수도자의 자리를 지키고 있는 스님이다. 속세의 표현을 붙이자면 우리 친구들의 영원한 모범생.

죽마고우의 도반이라도 인생에서 본받고 싶은 스님이 우리 주변에 더러 있다. 관암 스님은 내가 수행자로서 존경하는 도반이다. 법랍이 쌓이면 더러 게으름을 피우게 되는데 관암 스님은 그 신심이 변함없다. 그런 점에서 도반은 물론이고 후배들의 사표師表가 될 만한 자격을 충분히 지녔다. 늘 신앙심 충만한 그런 수행자.

지금도 새벽예불은 절대 빼먹지 않으며 백팔배도 하루의 일과로 실천하는 스님이다. 조석예불에 참여하는 것은 수행자의 당연한 몫인데 왜 이렇게 강조하느냐 하면 지금은 예불을 어기고 지키지 않는 수행자들이 더 많기 때문이다.

그가 해인사 포교국장 소임을 맡았을 때 잠시 수련회 일을 도와준 적이 있다. 그때 수련생들과 천팔십배 수행을 매주 빼놓지 않고 참여하는 것을 보면서 그의 신심을 새삼 확인할 수 있었다. 그 무더운 여름날에 수련생들과 장삼이 푹 젖을 만큼 땀을 흘리며 절하던 모습이 지금까지 내 가슴 한구석에 경건하게 남아 있다.

해인사에서 관암 스님과 삼 년 정도 종무소에서 소임을 보며 살았다. 그와 함께 가야산에서 지낸 그 시절이 내게는 매우 알차고 열정적인 시간이었다. 한솥밥을 먹고 지낸다는 것은 알게 모르게 소소한 정이 쌓일 수 있는 시간이라는 뜻이다. 팔만대장경 보존실장을 맡아 문화유산 관리에 남다른 애정과 관심을 보여 주었던 그는 참 성실했고 정직해 보였다. 그의 노고로 판전 수리와 각자刻字 복원 등 숙원사업들이 원활히 진행될 수 있었다.

그는 늘 남에게 먼저 베푸는 것을 즐겼다. 이런 그의 천성은 해인사 시절에도 그랬고 지금도 그렇다. 어디 식당에서 밥이라도 먹는 날이면 밥값은 언제나 관암 스님이 계산했다. 오죽했으면 어떤 날은 그이의 돈지갑을 뺏어 놓고 공양을 한 적도 있다. 그만큼 스님은 밥 사는 것을 아끼지 않는다. 나 자신이 그에게 빚진 밥값은 환산할 수 없을 정도다. 공양 대접을 하지 못해 안달난 그런 수행자.

몇 해 전 내가 충청북도 청주의 시골 지역에 작은 거처를 마련했을 때 제일 먼저 방문한 도반이 관암 스님이다. 새로운 불사를 시작할 나에게 격려와 용기를 주기 위해서 일부러 찾아왔다. 당시 나는 혼자서 밥을 끓여 먹고 있었는데 도반의 방문은 가슴 울컥한 위안이 되었다. 그가 나에게 안겨 주고 간 쌀 열 포대는 그해 겨울 내 우거寓居의 귀중한 양식이 될 수 있었다. 그는 이렇게 세심한 배려와 아울러 보살심菩薩心의 자애가 넘쳐 난다. 가난한 절에 양식이 없을까 봐 걱정하고 돌아가는 그의 뒷모습을 보면서 나는 참 든든했다.

관암 스님과 나는 열 살 정도의 나이 차이가 난다. 그런 덕분인지 그와 있으면 속가俗家의 형같이 다정하게 느껴진다. 사람 사이에는 세월이 지나도 이유 없이 불편한 관계가 있지만 단 한 번의 만남으로도 오랜 벗처럼 편안하게 느껴지는 사람도 있는 법이다. 관암 스님은 너무 편안해서 자주 봐도 또 보고 싶은 도반이다.

가을에는 관암 스님과 설악산 봉정암을 동행하고 돌아왔다. 그 높고 험한 산길을 걸어가는 그의 발걸음에 힘이 넘쳐 났다. 그의 뒤를 따라가면서 저 나이에도 저런 체력을 지녔구나 하는 생각을 거듭했다. 그리고 봉정암 순례를 매년 봉행했다는 그의 말을 듣고 또 한 번 놀랐다. 부끄럽게도 나는 그때 출가 후 봉정암을 두 번째 가는 길이었기 때문이다. 관암 스님의 신심은 행자 시절이나 지금이나 여전히 변함없는 것 같다.

불교의 나라 라오스를 여행할 때 관암 스님은 우리에게 노년의 계획을 말한 적이 있다. 자신은 환갑의 나이를 넘기면 수행 방향을 바꾸고 싶다고 했다. 그 나이쯤에는 어느 산골의 초막에 몸을 의탁하여 반농반선半農半禪의 삶을 살고 싶다는 소망이었다. 자급자족의 삶을 실천하는 자연인으로 돌아가고 싶다는 그의 발원이 눈빛에 가득 담겨 있었다. 인생의 중요한 길목에서 삶의 방식을 전환하는 것 또한 새로운 출가라고 여겨진다. 그가 어떤 선택을 하든 큰 걱정은 없다. 언제나 그랬듯이 그는 어디에 있든 늘 수행자의 공심公心으로 살아갈 것이라는 확신이 있기 때문이다. 그는 어떤 일을 하든 행복한 수행자다. 이런 행복한 에너지를 나눠 주고 용기를 주는 수행자가 있어서 나는 좋다. 그로 인해 내 수행길이 외롭거나 헛헛하지 않기 때문이다.

함현 스님

선승의 향기

문중의 사형사제들이 봄날에 모여 벚꽃 구경을 다녀왔다. 은사스님이 열반한 뒤 다례재를 치르면서 여행을 주제 삼아 말하다가 선뜻 일정을 잡은 것이었다. 돌이켜보니 홍안 시절에 출가하여 한 스승 아래에서 수행하며 살아온 세월이 어느덧 사십여 성상을 넘겼다. 그동안 몇몇 사형은 이미 세연世緣을 다했고, 몇 분은 환속하거나 소식 두절이 되었다. 그러다보니 이제 얼굴 보며 안부 전할 수 있는 기회가 많지 않으니 친교의 시간을 자주 만들자는 목적에서 진행된 여행이었다.

지금까지 수차례 여행했지만 문중 형제들과 해외를 가 본 일은 처음이라 각별한 의미가 있었다. 행자 시절 이야기부터 은사스님과의 일화까지 소소한 추억들을 풀어내며 훈훈한 시간을 보냈다. 흐드러지게 핀 벚꽃 아래서 사진을 찍으며 은사스님을 모시고 여행을 다닌 적이 없었다는 아쉬움에 가슴이 짠해 왔다. 나의 앨범에도 해외에서 은사스님과 찍은 사진이 한 장도 없다. 사람은 가도 추억은 남는다 했는데, 우리는 스승님 떠난 자리에 회한만 남았다며 지난날을 못내 안타까워했다.

무엇이든 건강하고 열정 넘칠 때 추억을 만들어야 뒷날 후회하지 않는 법이다. 또한 그리운 이에게는 자주 안부를 전하며 정을 나누어야 마음의 짐도 가벼워진다는 것을 은사스님이 떠난 뒤에야 알았다. 그러나 현재는 남은 자들의 역사이므로 더욱 뜨거운 심장으로 벗들과 이웃을 사랑하자 다짐했다. 그것이 이번 여행의 값진 선물이었다.

스승이 세상을 떠나게 되면 그 자리를 대신할 인물이 필요하다. 절집의 어른이건 선배가 되었건 간에 정신적으로 의지하고 싶은 분을 각별히 모시면 된다. 나는 아무에게도 알리지 않았지만 문중의 사형이신 함현涵玄 스님을 늘 마음에 두고 있다. 윗사람으로 배울 바도 많거니와 출가본분이 오롯하여 경모하는 바가 크기 때문이다. 이런 까닭에 내가 어려운 상황과 마주할 때 상의하거나 조언을 구하기도 한다. 그때마다 도움 주는 말씀을 해 주어서 활로가 된 적이 참 많았다.

내가 해인사에 입방하기 위해 객실에 대기하고 있을 때 함현 스님은 해인사 선방에서 수행하고 있었다. 그때 학감스님에게 인사를 시키며 사제라고 자랑스럽게 소개해 주었던 기억이 또렷하다. 나는 그때 산중에 그런 사형이 있어서 든든하고 위로가 되었다. 지금도 어디서건 나를 사제라 치켜세우며 소개할 때마다 감격스럽다. 공부하던 학인 시절에 사형들로부터 용돈을 받은 기억이 별로 없는데 함현 스님은 만날 때마다 여비를 주며 격려했다. 내가 새로운 절을 창건할 때도 흔쾌히 격려금을 내놓고 도움을 주었는데 나는 그 고마움을 잊지 못해 초파일마다 사형 절에 연등공양을 꼭 올린다. 이 일은 남은 생애 동안 두고두고 보답하리라 다짐했던 나와의 약속이다.

알다시피 함현 스님은 선방의 수좌^(참선수행승) 출신이다. 그래서 절밥을 오래 먹은 선객들 대부분 함현 스님과 안면을 트고 있기에 종립선찰宗立禪刹 희양산 봉암사 주지를 지내기도 했다. 물론 스님 문하에서 공부해 온 선남선녀의 신도들도 전국에서 활동 중이라 이른바 '도솔교 교주'라고 농담 삼는 분이다. 어느 날 스님께서 선방 수행을 정리하고 지리산의 암자에 안주하는가 싶더니 서울 도심에 도솔선원을 열었다. 아마도 선사상을 선양하고 찬불가 보급에 집중하기 위해서는 무대가 도시로 바뀌어야 한다는 생각 때문이었을 것이다.

최근 찬불가 창작곡을 엮은 음반을 보내왔다. 벌써 두 번째 발표한 불사였는데, 첫 번째 창작곡을 만났을 때 내심 놀랐다. 유려한 문장 솜씨가 일품이기도 했거니와 작사의 실력이 범인凡人의 수준이 아니었기 때문이다. 언제 이런 내공을 지녔을까 하며 곁에 있는 철인哲人을 알아보지 못했던 나의 교만이 부끄러웠다.

나는 특히 스님이 작사한 찬불가 〈가을 무상〉을 좋아한다. 가끔 우리 절 합창단에 부탁하여 일부러 불러 달라 요청하기도 하는데, 글과 음률이 심금을 애잔하게 한다.

소슬한 가을바람 뜰 가득 싸늘한데
향기로운 울밑국화 서리 반쯤 맞았네
가엾다 손 내밀어 꺾어 주는 이 없으니
흐드러진 가지 끝에 실어 가는 꽃향기
물가에 밤이 내리니 금물결 달이 뜨고

타는 노을 바라보며 인생무상 배우네.

　선승과 찬불가는 어찌 보면 어울리지 않는 조합 같지만 알고 나면 궁합이 딱 맞다. 본질을 관통하는 선의 정신과 찬불가의 노랫말이 일맥상통하는 까닭이다. 군더더기는 없애고 요점만 전달하는 작사가 어쩌면 언어도단의 선구禪句와 일치하기 때문일 것이다. 이러하기에 스님의 시詩는 간결하고 서정적이다.

　함현 스님은 도솔선원에서 시민과 불자들에게 정토신앙과 참선을 지도하며 도솔합창단을 이끌고 있다. 불법의 진수를 노래에 실어 전하는 일이 어렵기도 하지만 가장 쉬운 길인지도 모른다. 대중가요가 인기를 얻으면 온 국민이 다 알듯이 노래의 대중성은 무시할 수 없기 때문이다. 이러하므로 스님은 찬불가를 통해 심성을 순화하고 진리를 함양하고자 하는 원력이 태산 같으므로 그리 무모한 불사는 아닌 듯하다. 이미 도솔합창제를 정기적으로 개최하여 전국의 불교합창단이 모여 함현 스님이 창작한 찬불가를 부르며 방방곡곡으로 알리고 있으니 머지않아 원효 스님의 무애가를 읊조리듯 세간에 퍼져 나갈 것이다.

　함현 스님은 기차 화통처럼 목소리가 크다. 저 멀리서 불러도 다 알아들을 정도다. 그 큰 소리 때문에 초면에 당하는 분들은 깜짝깜짝 놀라기도 하는 것을 보았다. 그러나 함현 스님을 오래 보아 온 분들은 목소리를 크게 낼수록 정을 표현하는 방법이라는 것을 알고 있다. 그래서 누군가를 귀청 떨어지게 부르면 그건 그만큼 친밀하다는 뜻이다. 더 나이 들기 전에 내 고막이 고장 나도 좋으니 저 멀리서 "현진 스님!" 하고 부르는 소리를 자주 듣고 싶다.

원철 스님

삼무三無의 수행자

일전에 원철圓徹 스님과 차를 마시는 자리에서 자신을 '삼무三無' 수행자로 소개해 달라고 했다. 농담 섞인 우스개였지만 나는 딱 어울리는 설명이라고 무릎을 쳤다. 그렇다면 원철 스님에게 없는 세 가지는 무엇일까?

첫째는 인물이 없다. 원철 스님을 아는 이들은 이 말에 슬며시 공감하면서 킥킥 웃을지도 모르겠다. 앞을 보고, 뒤를 보고, 옆을 보아도 그는 영락없는 출가자의 용모다. 어디를 보나 수행자다운 얼굴이다. '수행자답게 생겼다.'는 표현은 '개성 있게 생겼다.'는 뜻과 유사하다. 다시 말해 출중한 용모를 지니지 못한 이들에게 던지는 위로의 수식어다.

원철 스님의 외모 이야기를 할 때마다 동진東晉시대의 뛰어난 학승 석도안釋道安 화상을 떠올리게 된다. 검고 추한 얼굴 때문에 처음에는 스승으로부터 재능을 인정받지 못했던 천재의 문장가가 바로 도안 법사다. 도안이 얼마나 대단한 인물이었는지는 진왕秦王이었던 부견符堅이 양양襄陽을 공격해 함락시킨 뒤 도안 법사를 장안으로 모셔 와서 신하들에게 했던 말에서 짐작할 수 있다. "내가 십만의 군사로 양양을 빼앗아 오직 한 사람을 얻었다. 도안이 바로 그 한 사람이다."

이를 보면 도안은 당시 국보國寶의 존재였다. 이런 역사 이야기를 왜 하느냐 하면 원철 스님은 비범한 인물이라는 것을 강조하고 싶어서다. 원철 스님을 외모로만 국한하여 본다면 그의 대기대용大機大用을 놓친다는 뜻. 하긴 외모로만 따진다면 나도 인물 없기는 마찬가지이지만 훤칠한 인물을 지니지 않았다는 것은 수행자로서는 장점이다. 이성들의 관심에서 여러모로 자유롭기 때문이다.

둘째는 기운이 없다. 원철 스님은 아주 약골이다. 늘 쓰러질 듯 비실비실 위태하다. 어쩌다 기침이라도 콜록콜록하면

곧 입원하여 치료해야 할 상황처럼 느껴진다. 입에는 늘 '어구구' 하는 소리를 달고 지낸다. 그렇지만 아직 큰 병 한 번 앓은 적이 없다. 그는 천생이 허약체질이지만 '골골팔십'이라는 표현처럼 오히려 거뜬한 사람보다 더 건강할지 모른다. 어떤 일에 몰입할 때는 십 리 길도 달려가고 밤샘도 하는 것을 보면 강단이나 근력이 아주 없는 것은 아닌 듯하다.

셋째는 군살이 없다. 가끔 식사 자리에서 자신은 겨우 목숨만 부지하고 있다는 농담을 한다. 잘 먹어도 그다지 살이 붙지 않는 체질이다. 그래서 언제나 빈곤해 보이는 체형을 지니고 있다. 군살이 없어서 그런지 추위를 많이 타는 것 같다. 여름날에도 반소매 옷을 입는 것을 보지 못했다. 눈여겨보면 무더위에도 언제나 긴 소매가 달린 얇은 상의를 입고 있다. 가을 무렵부터 이미 털모자를 쓰고 겨울에는 여러 겹으로 옷을 껴입고 살아가는 그런 스님이다.

이렇게 '삼무三無'를 썼지만 실상은 '삼유三有'의 수행자다. 내가 꼽은 원철 스님의 장점 세 가지는 이렇다.

학식 있다는 것이 그 첫째다. 경전과 선어록은 물론이고 인문서적까지 다독하는 것으로 알려진 그는 지독한 독서광이다. 걸어 다니는 불학佛學사전이라 할 만큼 박학다식하다. 내가 그의 기억을 빌려서 어려운 전거典據를 찾아낸 것도 여러 번이다. 그가 머물고 있는 암자를 방문해 보면 서가에 보관되어 있는 서적류를 통해 박람한 그의 일면을 엿볼 수 있다.

그리고 필력 있다는 것이 그 둘째다. 그는 출가 초기부터 간간이 글쓰기를 해 왔다. 원철 스님의 문장은 군더더기 없고 명쾌하다. 칼럼니스트로도 손색없는 그의 논리적인 글을 볼 때마다 솔직히 질투가 날 지경이다. 사물에 대한 예리한 시선이나 문제에 대한 유연한 해법이 그의 글에 잘 나타나 있어서 대중적인 공감을 얻고 있기 때문이다. 몇 년 전부터는 글쓰기에 대한 그의 내공이 유감없이 발휘되었다. 다양한 저서를 발간하는 것은 물론이거니와 일간지를 비롯한 여러 지면에서 그의 이름을 볼 수 있었다. 이제는 일간지 기자들이 가장 청탁하고 싶은 대표적인 필진으로 우뚝 서 있다. 언론지에 실리는 그의 글을 정독해 보면 샘물처럼 솟아나는 소재의 다양성이 부럽다. 교리, 어록, 선시, 역사, 교양, 건축, 기행 등 장르를 넘나들면서 산문 형식으로 풀어내는 그의 글쓰기는 이미 경지에 이른 듯 활발발活潑潑하다.

그의 장점 셋째는 여린 감성이 있다는 것이다. 냉철한 안목이나 논리적인 분석을 즐겨하는 사람 저변에는 인간적인 따스함이나 시적인 정서가 부족하기 마련이다. 감성이 풍부하다는 것은 여유와 쉼표가 있다는 뜻이다. 그는 어디 여행을 하다가도 분위기 좋은 곳을 발견하면 커피 한 잔을 즐기는 스님이다. 커피 마니아라서가 아니라 감미로운 낭만을 좋아하는 까닭이다. 원철 스님은 이렇듯 청량한 지성과 온화한 가슴을 동시에 지니고 있는 우리 교단의 대표적인 학승이다.

몇 년간의 서울 생활을 마치고 한동안 속리산에 머물더니 이제는 가야산으로 돌아갔다. 그가 출가했던 본사本寺로 돌아가서 후학 지도에 몰두하고 있다. 종단의 요직에서 소임 사는 것도 보았고, 어느 말사에서 주지 소임을 맡아 하는 것도 지켜보았지만 역시 원철 스님은 강사의 자리가 가장 잘 어울린다. 해인사에서 지내고 있는 그를 만나러 청풍淸風 따라 길을 떠나야겠다.

설곡 스님

우리 시대의 隱者은자

1.

내가 머물고 있는 이웃 마을에 작은 절 하나가 있다. 법당은 마치 박물관 같은 고졸한 멋이 풍기고 곳곳에 걸린 작품들을 감상하다 보면 갤러리에 온 기분이 느껴진다. 밖의 풍경은 아담한 공원처럼 꽃과 나무가 화사해서 좋다. 여기저기에 주인의 예술적 안목과 미학이 알알이 스며 있는 편안한 절, 그곳의 주인은 설곡雪谷 스님이다. 스님의 처소에는 언제나 묵향이 가득하고 차향이 넘친다.

　이렇게 선묵禪墨을 벗 삼아 다담茶談을 즐기는 스님을 가까이 모실 수 있는 것도 내겐 복이라는 생각이 든다. 스님을 뵈면서 멋있는 수행자를 가늠하는 기준이 똑바로 서게 되었다. 옷을 잘 갖추어 입는 것이 멋이 아니라 철리哲理와 예술에 달관한 이를 멋있는 인생이라고 말할 수 있다. 나는 스님을 통해 수행자로서의 교양에 비로소 눈뜨게 되었으며 나무를 보는 법, 그림을 보는 법, 다기를 보는 법 등 수행자로서 갖추어야 할 올바른 품위 같은 것을 어깨너머로 들을 수 있었다. 스님의 사고思考와 취미에 슬며시 동참하고 있으면 내 속기俗氣가 떨어져 나가는 듯하다.

　나와 마주 앉으면 "근래의 수행자들은 지식은 넘치는데 지성이 부족하다."는 말씀을 자주 하신다. 출가자들의 살림살이가 너무 세속화되는 것에 대한 우려다. 나 또한 그렇지만 예술적인 소양이나 조예가 턱없이 부족한 것이 사실이다. 이는 시詩, 서書, 화畵를 취미로 삼아 지조와 청렴을 지키는 이들이 적다는 뜻이기도 하다. 설곡 스님은 붓을 들어 시를 읊고 그림을 그리는데 그 수묵의 세계는 내가 감히 논할 수 없다. 다만 기교와 재주에만 머물지 않고 고매한 인격으로 심화된 것을 느낀다.

스님은 몇 년 전 생애 처음으로 개인전을 열어 호평을 받았다. 오랜 세월 먹을 가까이하였지만 지금껏 전시회를 열지 않았던 것은 세인들에게 자랑하거나 내세우고 싶어하지 않는 성품의 반영이라 할 것이다.

첫 전시회를 열던 날, 나도 그 자리에 참석했다. 그날 스님은 "나는 수행하는 사람이지 그림을 전문으로 그리는 사람이 아닙니다. 그림 그리는 일이 좋고 그림을 그리고 있으면 잡념이 없어지고 집중이 잘되기 때문에 수행의 방편으로 그리는 것입니다. 나는 그림을 통해서 나의 삶이나 정신세계를 표현하려 했습니다."라는 인사말을 전했다. 이런 스님의 예술세계를 흠모하고 공경한다.

나는 주저하지 않고 설곡 스님을 '삼절三絶 화상'으로 소개한다. 시·서·화에 뛰어난 경지를 지닌 선비를 '삼절'이라고 평했듯이 스님 또한 이에 뒤지지 않는 격조를 갖추고 있는 까닭이다. 어디 이뿐이던가. 설법도 물 흐르듯 막힘이 없고 다예茶藝는 일가一家를 이룰 정도다. 그러나 세상에 그 이름을 더 알리고 싶지 않아서 시골 어귀에 묻혀 살고 계신다. 때로는 이 시대의 은자隱者로 지내시는 게 너무 안타깝다는 생각이 든다. 그래서 더 닮고 싶은 수행자다.

올봄에 나는 작품 한 점을 소장할 기회를 얻었다. 매향梅香

가득한 그림을 선뜻 주서서 얼른 들고 왔다. 오래전부터 그림을 소장하고 싶었지만 차마 달라고는 못했다. 정당한 값을 치르지 않고 작품에 탐을 내는 것이 얼마나 무례인지 알기 때문에 그랬다. 스님의 매화도梅花圖는 지금 한창 공사 중인 별채가 완공되면 알맞은 자리를 찾아 걸어 놓을 작정이다.

설곡 스님이 계시는 내원사에는 매화나무가 많이 심어져 있다. 스님의 매화 사랑은 남다르다. 절 마당에는 수령이 백 년은 넘었을 고매古梅 한 그루가 자리 잡고 있다. 이 매화를 옮겨 오기 위해 전국을 수소문한 사연을 나는 안다. 올해 봄에는 매화가 자리를 잡아서 은은한 암향이 풍겨 오기 시작했다. 그즈음에 매화 한 송이를 찻잔에 띄워 내놓으면 입 안에 봄소식이 먼저 전해진다. 이것은 설곡 스님이 방문자에게 선물하는 봄의 풍류다.

내원사는 해가 지면 인적이 끊어져 온통 적막강산이다. 절에서 바라보는 앞산은 깊은 산중의 맛이 난다. 그 야트막한 앞산에 보름달이 휘영청 떠오르면 스님은 차를 달이고 달구경을 하신단다. 홀로 지내는 그 시간에 시 한 수를 읊조린다고 하셨다.

스님이 들려준 한시漢詩를 이렇게 기억한다.

해가 지기 바쁘게 사위四圍는 어두워지고

산새는 급하게 날아 숲속에 숨으니

온 산은 적막하여 인적이 사라졌네.

빈 산엔 달빛만 가득한데

두견새 소리 벗 삼아 차를 달인다.

근래에 병환으로 몸이 몹시 불편하지만 그것마저 두타행頭陀行으로 삼으시는 모양. 현재의 상황을 긍정적으로 받아들이기 때문에 늘 미소가 번지고 우스개도 잘하신다. 병고를 치르고 난 뒤부터 눈물이 많아졌다고 하셨다. 맑은 하늘을 봐도 울컥하고 잔잔한 음악을 들어도 가슴이 미어진다는 고백을 들었다. 일전에 산사음악회를 열었는데 찬불가 선율에 그만 목이 메어 설곡 스님은 내원사 그 법당에서 엉엉 소리 내어 우셨다. 음악회가 끝난 뒤에 뵈었는데 그때까지 눈가가 촉촉이 젖어 있었다.

그래서일까, 어제 오후 스님의 거처에서 차를 나누고 돌아올 때 손을 흔들며 배웅하는 그 모습에 잔잔한 외로움이 배어 있어서 내 맘도 짠했다. 노년이 되면 고독과 상실의 공간이 더 커진다고 들었다. 이때는 자주 문안하는 것이 최고의 봉양일 텐데, 혼자 계시는 스님을 자주 찾아뵙지 못하는 게 내내 송구하다.

2.

매화꽃이 피기도 전에 설곡 스님은 세연世緣을 마치고 적멸도량으로 소풍을 떠났다. 봄꽃들에게 초라한 병색을 보이기 싫어 서둘러 만행길을 재촉한 것인가. 이제 세납 칠순을 막 넘겼을 뿐인데 별안간의 하직 인사는 눈물바다가 될 수밖에 없었다. 인생이 유한하여 내일을 장담할 수 없는 게 삶이라지만 설곡 스님의 열반은 더욱 아깝고 슬프다. 수도자로서의 표상이기도 하셨지만 예술인으로서의 기예도 탁월하여 그 탁견과 기량을 더 친견할 수 없어 애석하다.

스님은 평소 찻자리를 함께 하며 "꽃이 아름다운 것은 낙화하기 때문이고, 인생이 값진 것은 죽음이 있기 때문이다." 라는 말씀을 자주 하셨다. 인생에 마침표가 없다면 삶의 길은 지루하고 의미 없을 것이다. 그렇기에 스님은 다시 피어날 꽃이 되기 위해 금생의 여행을 아름답게 마무리한 것이라 믿고 싶다.

지난봄이던가, 꽃잎 흩날리는 날 유언처럼 한마디하셨는데 그것이 최후의 말구末句가 되었다. 스님의 유지대로 장례와 사십구재는 차茶공양을 올리며 간소하게 치렀고, 떠들썩

한 의식이나 거창한 염송도 하지 않았다. 떠나는 일에 남의 신세를 지거나 번거롭게 하는 일을 무척 싫어하셨기 때문이다. 다만 다비장에서 유골을 수습하여 당신이 머물렀던 암자의 소나무 바위 아래 봉안하고 '설곡, 여기 잠들다'라고 적었다. 행장을 표기한 그 어떤 비석도 세우지 않았다.

나도 이생을 마감할 땐 한 줌의 재로 만들어 바람에 날려 달라고 부탁했는데 역시 설곡 스님이 한발 앞서 실천하셨다. 한 사람의 업적이나 칭송은 입에서 입으로 전해지는 게 옳을 것인데 군이 돌을 쪼아 미사여구로 삶의 흔적을 새겨 무엇하겠는가. 한 시대만 지나면 글자는 희미해지고 비석에 이끼만 가득할 것을. 수도자는 그 어떤 삶을 영위했느냐와 상관없이 본질적으로는 바람 따라 왔다가 바람 따라 갈 뿐이다.

매화를 지극히 아끼고 사랑했던 스님은, 홍매가 도열하고 있는 맑은 장소에 묻혔다. 스님의 유언대로 거추장스럽지 않게 안식처를 마련한 것이다. 주인 떠난 도량은 적막했지만 손수 심었던 수선화가 군락으로 피어 있어서 스님의 미소가 감도는 듯 고귀했다. 자주 문안드리지 못했던 미안한 마음만 가득 안고 내려왔다.

설곡 스님이 고인古人들의 시를 암송하면 귀를 열고 들었는데 그때마다 무척 좋아하셨다. 매번 낭독해 주었던 주옥같은 시의 절반은 내 수첩에 기록되어 있다. 그냥 흘리기가 아까워 적어 놓고 외우기도 하고 글쓰기에 소개하기도 했다. 스님은 그 누구보다 원문을 잘 해석했고 고아한 정취로 쉽게 전달하셨는데 그 문장력에 매번 감탄했다. 이제는 원음으로 멋지게 들려줄 스승이 없어 가슴 먹먹하다.

나는 잘 울지 않는 성격인데 스님의 마지막 재를 모시던 날에는 눈물을 마구 쏟았다. 카랑카랑한 목소리로 시를 읊조리던 그 얼굴이 떠올라 슬픔을 주체할 수 없었다. 비로소 한 수행자가 남기고 간 발자취와 숨결은 영영 이별하는 자리에서는 사무치는 그리움이 된다는 것을 알았다. 어쩌면 어른에게 무심했던 내 어리석음에 대한 참회의 눈물이었는지도 모르겠다.

"죽은 나무는 그늘이 없다." 하였지만 한 인물이 떠났다고 해서 어찌 음덕이 없겠는가. 사대四大는 비록 자연으로 돌아갔으나 스님이 남긴 보장금언寶藏金言은 후인들에게 큰 그늘이 되어 오래오래 삶의 지표가 될 것이다. 이제 스님의 인품은 청풍에 날리고 스님의 정신은 명월에 비치리라.

지난겨울 눈은 꽃처럼 내리더니
올봄의 꽃은 눈처럼 떨어지네
눈과 꽃이라 하더라도 참모습 아닐진대

무슨 까닭인지 마음은 찢어지게 아프다네.

충청남도 공주 신원사의 화광 스님께서 설곡 스님 영전에 바친 조사弔辭인데, 구도의 길을 나란히 걸었던 정든 벗을 떠나보내는 아픔과 슬픔이 잔잔히 전해져 왔다. 시공을 건너 꽃피고 눈 내리듯 그렇게 오고 갈 뿐인데 왜 그리 가슴 애통한 것인가. 그게 인간 세상 별리別離의 정일 것이다.

설곡 스님이 떠난 뒤 벚꽃이 하염없이 지고 있다. 나무 아래 떨어진 꽃잎이 비단에 수를 놓은 것처럼 예쁘고 곱다. 이즘이면 '벚꽃증후군'이란 증상이 있단다. 이 증후군은 벚꽃 그늘에서 함께 추억을 새기던 사람을 떠나보낸 이들이 겪는 이별의 아픔 같은 것이다. 나도 이제 봄날의 벚꽃이 한창일 때마다 스님을 사무치게 그리워하게 될 것 같다.

청암 스님

영|원|한| |운|수|납|자|

지금은 출가자 인원이 급감하여 그런 시절이 다시 올까 싶지만 1980년대까지만 해도 해인사는 수행자들의 성지라 할 정도로 인산인해를 이루었다. 선원에는 초참수좌부터 구참수좌까지 몰려들었고 강원은 학인들로 가득하여 방이 모자랄 정도였으며, 행자실도 출가 예정자들이 입방 차례를 기다리며 붐비던 때였다. 이런 인기 속에 해인사가 출가자들의 산실이 될 수 있었던 것은 성철 큰스님의 명성 때문에 가능했다. 큰 인물이 산중에 머물면 운수납자가 구법을 위해 운집하는 것은 당연한 현상이었다.

나는 일찍이 속리산으로 출가했으나 가야산에서 승행을 익히고 교학을 정립하고 싶었다. 그래서 입학하기 무척 까다롭다는 해인사 강원(승가대학)을 택하기로 했는데 그 배경에는 성철 노옹老翁을 동경했던 까닭도 있다. 아무튼 시험과 면접을 통과하여 학인 생활을 시작했는데 그때가 20대 초반이었다. 동기들은 나이도 제각각이었고 출가본사도 서로 달랐다. 그러니까 전국의 사찰에서 20~30대 출가사문들이 해인사로 두루 모였다는 뜻이다.

해인사는 군기보다 더 엄격한 질서와 규율이 정해져 있어서 하루라도 긴장을 놓을 수 없었다. 그런 통제된 수행 생활에 적응 못하는 서투른 신입생이었지만 유독 내 마음을 사로잡은 동기가 있었다. 인상이 서글서글하고 사람을 가리지 않고 친절했으며 신참임에도 승복이 무척 잘 어울려 마치 선배 같은 느낌이었다. 아마 제복이 멋진 친구에게 끌리는 그런 심정이었으리라. 나는 그와 가까워지려 애썼고 그럴 때마다 격의 없이 대하며 도움을 주었다.

어느 해 여름 안거 때 그는 극락전 시자侍者 소임을 맡고 있었다. 극락전은 노스님이 거처하는 곳이라 공양 때마다 밥과

반찬을 배달하는 게 임무였는데 별도의 시자실에서 생활했다. 시자 소임은 큰방 거주(공동생활)에서 제외되고 발우공양(공동식사)도 하지 않으므로 집단 수행에서 조금 자유로울 수 있었다. 그래서인지 우리 동급생들은 쉬는 시간이면 시자실에 들러 간식도 먹고 차도 마시며 그곳을 휴게 공간으로 이용하길 즐겼다. 자신의 공부 시간이 방해되었을 텐데 그는 언제나 미소 띤 얼굴이었다. 그런 도반이 있어서 풋내기 그 시절에 크게 일탈하지 않았고, 고되고 벅찼던 하급생의 어려운 때를 잘 이겨낼 수 있었다.

그러나 그는 나와 함께 중급반으로 오르지 못했다. 전통 강원의 교육 방식과 숨막히는 규율에 회의를 느껴 동국대학교로 편입하기 위해 산중을 떠나고 말았다. 그의 빈자리를 보면서 단짝을 잃은 것처럼 한동안 허허로웠다. 그를 통해 마음속을 차지했던 한 사람의 몫을 비로소 실감할 수 있었던 것 같다. 인생길에서 어떤 사람을 만나느냐에 따라 삶의 전환점이 되기도 하고 잘못된 선택의 계기가 되기도 한다.

처음 인상이 좋으면 오래오래 가슴에 남는 법일까. 그가 가야산을 떠났어도 나는 그를 잊지 않고 좋은 인연으로 간직하고 싶었다. 우리는 산문 밖에서 만나기도 하고 여행을 다니기도 했다. 그러다가 아예 우리 동문 모임에 회원으로 참여하길 권했다. 그때 어떤 이도 그의 입회를 반대하거나 달갑지 않게 여기지 않았다. 그만큼 호탕하고 맑은 인성을 지녔기에 가능한 일이었다.

그 수행자가 누구냐 하면 오대산에서 청정 규범을 지키며 오로지 참선 정진에만 몰두하고 있는 청암 스님이다. 그와 해인사에서 만난 지 삼십 년이 훨씬 지났지만 여전히 교우하고 있다. 해인사에서 많은 동료와 선후배들을 사귀었지만 그 시절 이후 한 번도 보지 못한 이들이 절반은 된다. 각자의 자리에서 포교와 수행에 전념하다 보니 대면할 시간이 부족했을 테지만 서로의 안부가 궁금하지 않은 이유가 더 클 것이다.

그러나 청암 스님은 안거^(수행기간) 때마다 선방을 옮겨 가며 살았으나 매번 그의 주소를 물어 산중으로 찾아 다녔고, 그 역시 우리 절 행사에 빠지지 않고 참여했다. 어쩌다 소식이 궁금해지면 일부러 모임을 핑계로 또 약속을 정하게 되니까 수행길의 절친이랄 수 있겠다. 그와 함께 여행 다니는 일이 즐거워 성지순례를 자주 기획하곤 했다. 중국 보타산 관음성지를 둘러볼 때 청암 스님과 일정을 같이했으며 벚꽃 구경도 두 차례 다녀왔다. 그가 있으면 어딜 가더라도 무료하거나 심심하지 않아 좋다.

그는 출가 이후 선객禪客으로 줄곧 지내 왔다. 이제껏 선방을 한 번도 떠난 적 없어서 선리禪理에 밝은 수행자로 정평이 나 있다. 그는 이미 산문의 조실祖室로 추대될 수 있는 법랍을 갖추었으므로 언젠가는 어느 회상會上의 수장을 맡을 것이다. 그를 알고 있는 불자들은 한국불교의 중심에 그가 있어 진리의 당간이 된다며 행복하다고 말한다.

그가 대구의 어느 사찰을 잠시 맡아 주지를 산 적이 있다. 축하 인사도 할 겸 해서 그의 처소로 내려가 저녁을 먹고 헤어지는데 여비를 주머니에 꽂아 주었다. 자기는 지금까지 도반들에게 도움을 받기만 했다면서 이제부터는 신세를 갚을 것이라 말했다. 그동안 절 살림을 맡을 일이 없어 여윳돈이 여의치 않았다는 뜻이었다. 그 마음을 충분히 알기에 금액과 상관없이 그날 받은 용돈은 참 의미 있고 따스했다. 그런데 앞으로 청암 스님에게 여비를 또 받을 일은 없을 것 같다. 그에게 주어진 주지 소임이 어색하다며 그는 육 개월 만에 다시 선객으로 돌아갔기 때문이다. 주지 소임은 그때가 처음이자 마지막이라 말했던 기억이 난다. 도반이기 이전에 수행자로서 그를 친애하는 것은 선방의 좌복 위에서 화두타파에 매진하는 열정과 신심 때문이다. 나로서는 도저히 엄두가 나지 않는 일이기도 하니까.

여름에는 그가 머무는 오대산 월정사에 다녀왔다. 청량한

계곡에서 그와 이야기를 나누며 정다운 시간을 보냈다. 안색이 달라 보여 건강을 물었더니 허리가 고장 나서 치료 중이라 했다. 그도 이제 환갑을 훨씬 넘겼으니 체력을 무시할 수 없음이다. 큰 고생 없이 완쾌되어 건강한 모습으로 재회하길 축원한다.

오성 스님

결코 시샘할 수 없는 수행자

　지난주에 제주도를 다녀왔다. 며칠을 머무는 동안 세심하게 배려해 준 오성悟性 스님이 있어서 일주일이 지난 지금도 흐뭇하다. 여행을 다녀오면 여행지의 추억은 사람에 의해 그 인상이 결정되는 경우가 많다. 그곳에서 아주 교양 없는 협잡꾼을 만났다면 그 장소는 기억하기 싫은 여행지가 될 수 있음이다. 이번 제주도 방문은 오성 스님을 만나게 되어 가을 하늘처럼 맑고 따스하게 기억된다.

돌아와서 따져 보니 오성 스님을 오 년 만에 다시 만난 셈이다. 해인사에서, 법주사에서 한솥밥을 먹다가 한동안 안부가 뜸했다. 그러다 그가 제주도에 정착했다는 소식을 들을 수 있었다. 제주시내에 '보리菩提도량'이라는 포교 공간을 마련했다는 것이다. 그 소식을 듣고 그의 유랑 생활도 마침표를 찍은 것 같아서 내심 흐뭇하고 반가웠다.

　그는 제주도에서 태어나 제주도에서 출가한 그곳 토박이다. 그래서 제주 민속과 역사에 관심이 많았던지라 고향 사람들은 늘 그의 환향還鄕을 기다리고 있었다. 세월이 흘러 그도 지천명의 나이를 넘겼으니 제주가 그립기도 했을 터. 이제는 제주의 단월檀越들에게 시은施恩할 수 있는 시절인연을 맞이한 셈이다.

　이번 제주도 길에 보리도량을 참배하고 돌아왔다. 제주를 가면 꼭 가 보리라 마음먹었지만 인연이 닿지 않았는데 이번에 방문하고 오니 숙제 하나를 마친 것처럼 홀가분하다. 오성 스님이 머무는 공간은 제주의 감물 들인 천으로 도배를 하고 내부 시설도 한지와 나무를 조화롭게 활용하여 소박한 멋이 있었다. 그 사람이 살고 있는 공간은 그 사람의 성품이나 안목이 배어나게 마련. 곳곳에 오성 스님의 세심한 감성이 드러나 있어서 눈길이 오래오래 머물렀다.

도심의 주상복합건물에 마련된 보리도량 입구에는 이런 글귀가 있었다.

'머리에는 지혜를, 마음에는 고요를'

이런 법구(法句)도 오성 스님 거처에 있으니까 더욱 와닿는다는 생각을 했다. 그는 이 도량에서 수행과 교육이 어우러지는 법석을 유지하고 있기에 맑은 수행자의 기운이 느껴졌다. 수행자마다 그가 가지는 영향력이라는 것이 있다. 그 영향력은 주변 사람들에게 감동으로 다가가기도 하고 충격으로 전해지기도 한다. 생의 순간에서 삶의 가치관을 바꾸는 것은 감동이나 충격이 있을 때 가능하다. 감동을 통해 생각이 바뀔 수 있고, 충격을 통해 편견의 전환이 올 수 있기 때문이다. 이런 의미에서 오성 스님은 잔잔한 울림을 주는 수행자다. 나는 그를 만나고 올 때마다 그 향기를 느낀다.

오성 스님은 참 미남이다. 그와 이야기를 나누고 있으면 나도 모르게 그의 얼굴에 관심이 간다. 아난존자가 살아 있었다면 저런 외모가 아닐까 하는 생각도 든다. 부처님을 평생 시봉했던 아난존자는 맑은 피부와 수려한 이목구비 때문에 호감을 사기도 했지만 뭇 여성들의 가슴을 설레게도 했던 인물이다. 오성 스님은 그런 외모에 지성과 교양까지 겸비했으니 부러워하지 않을 수 없다. 전생에 선근 공덕을 많이 쌓은 결과겠지만 도반들은 '전생에 나라를 구했던 공덕'이라고 농을 던진다.

사람이 너무 만능이라도 시샘을 받기 쉽다. 그는 축구 시합을 할 때마다 운동장을 종횡무진 뛰었다. 날렵한 그의 몸동작이 얼마나 빠르고 멋있었는지 세월 지난 지금도 그 장면이 잊히지 않는다. 응원석에서 그의 모습을 지켜보던 못난이 우리들이 "얼굴 잘생기고 운동까지 잘하면, 못생기고 운동 못하는 우리는 어쩌냐?"라고 불만을 토로하며 깔깔 웃던 그 때가 생각난다. 이렇듯 그의 다재다능은 결코 시샘할 수 없는 그만의 마력이다.

이번 제주도에서 '선래善來왓'이라는 작은 절에서 숙박을 했다. '선남선녀들이 기쁘게 오는 절'이라는 뜻인데 '왓'은 '사원'을 의미하기도 하지만 '밭'을 뜻하는 제주 방언 '왓'을 발음한 것이다. 거문오름 인근의 선흘리 마을에 임시로 지은 법당이 있으며 그 주변에는 차나무 밭이 조성되어 있는 사찰이다. 오성 스님이 신심 깊은 단월檀越에게 기증받은 이 땅에 좋은 사람들이 오고 간다. 보리도량에서 공부한 불자들이 이곳에 명상수행 공간을 마련할 인연이 머지않았다는 생각이 들었다. 때가 되면 이곳에 오래된 건물을 헐어 내고 법당과 요사를 신축할 것이라 했다.

여담이지만 한때 제주도는 남성원南性圓, 북오성北悟性의 시대였다. 당시 남쪽은 서귀포에 위치한 약천사 주지 성원 스님이 맹활약했으며, 북쪽은 제주시에서 오성 스님이 회상會上을 만들어 포교에 전념하였던 까닭이다. 이 두 스님의 수행 스타일은 대조적인데 성원 스님이 스케일이 장중하다면 오성 스님은 작은 변화를 추구하는 쪽이다. 서로 자웅雌雄이지만 대결이 아니라 보완하는 관계라서 두 분 스님의 원력으로 제주불교의 지도가 바뀌지 않았을까. 벌써 오성 스님의 진솔한 미소가 그리워진다.

성원 스님

성원性圓 스님이 입고 다니는 승복은 자신이 디자인한 것이다. 형태는 장삼 같은데 기능을 보면 두루마기다. 그의 말대로 장삼과 두루마기의 용도를 하나로 고안한 복식인 셈이다. 이를테면 장삼과 두루마기의 장단점을 보완한 것인데, 장삼의 넓은 소매는 두루마기처럼 좁게 만들고 두루마기의 깃 부분은 장삼처럼 바꾸었다. 그러니까 장삼과 두루마기를 융합해 놓은 것이다.

종전에는 법회나 집전을 할 때는 장삼을 입어야 했고 외출할 때는 장삼을 벗고 두루마기를 입어야 했는데 이럴 필요가 없게 된 것이다. 현재의 복식에 가사를 걸치면 의식복이 되고, 가사를 벗으면 외출복이 되니까 아주 편리한 도안이 아닐 수 없다. 종단에서 이런 개념을 수용하여 의식과 생활에 적합한 새로운 형태의 승복으로 통일되었으면 좋겠다. 말하자면 수행자로서의 품위를 잘 유지하면서도 활동에 크게 불편하지 않은 그런 스타일이 필요한 시대이기 때문이다.

성원 스님의 이런 면을 보더라도 그의 아이디어는 매우 다양하다. 이러한 그의 실용적인 구상은 종무행정이나 불사와 포교에도 적용되는 경우가 많다. 그가 약천사 주지로 재직할 때 법당의 전등을 자신의 독창력과 기술을 접목하여 효율적인 제품으로 제작한 것을 보았다. 또한 그의 집무실엔 전자기기들이 즐비한데 영상 촬영부터 편집까지 손수 하면서 비대면시대를 예견이라도 한 듯 일찍이 온라인 법회를 개척하였다. 이런 일이 가능한 것은 그가 공대 출신이기도 하지만 그에겐 실험과 도전 정신이 잠재되어 있기 때문이라 믿고 싶다.

성원 스님은 경상북도 영천 출신인데 마치 토박이처럼 제주도에 오래 살고 있다. 출가할 당시 제주 약천사를 창건한 혜인 대종사를 스승으로 삼았기 때문이다. 그는 송광사와 해인사에서도 행자 생활을 하였지만 결국은 혜인 스님의 포교 원력에 감동하여 제주도로 건너가게 된 것이다. 명산대찰을 따라 출가한 것이 아니라 스스로 명안종사明眼宗師를 찾아 출가한 셈이다.

그는 고교 시절 교회와 인연이 되어 군 생활 중에도 종교 활동을 할 정도로 기독교에 독실했다. 그런데 한 가지 의문이 사라지지 않았다고 했다. 선한 삶을 살고 있다면 그 자체로 가치가 있다고 보아야 하는데 예수님을 믿지 않으면 그 가치가 희석되거나 심지어 죄가 된다고 하는 부분이었다. 즉 보편적 선이 용납되지 않는 교리적 모순이 있다는 것이었다. 이 의문이 해결되지 않아 한동안 종교에 무관심하게 되었다.

직장 생활을 할 때 환경운동에 참여했다가 난생처음 서울 조계사를 참배했다. 그곳에서 기초교리 한 권을 구입하여 버스에서 읽다가 '지옥에 있는 모든 중생을 구하기 전에는 성불하는 것을 미루고 지금도 지옥문 앞에서 눈물 흘리는 지장보살님!'이라는 대목에 시선이 멈추었다. 무슨 잘못을 했는지 묻지 않고 도리어 어리석은 사람을 구하지 못하는 것을 아파하는 것이야말로 진정한 종교적 심성이 아닐까 하는 생각이 들었다. 그때 종교의 존재 가치는 여기에 있다는 결론을 내리고 구하던 답을 비로소 만난 것이었다. 뒷날 그 신선한 충격이 출가의 인연이 되었다고 회고했다.

출가 동기가 뚜렷하면 수행 과정도 일관되기 마련이다. 그는 언제나 포교 현장에 있었고 결코 방일하거나 안주하지 않았다. 지장보살의 구제 서원이 그를 산문으로 안내했듯 그의 몸속에는 전법 원력이 강하게 자리 잡고 있었다. 제주 약천사 주지를 두 차례 맡으면서 제주불교를 중흥하는 데 기여하고 약천사를 일신하는 일에 온 힘을 기울였다. 스승님이 나무를 심었다면 성원 스님은 나무를 가꾸고 키우는 역할을 했다. 그가 재임할 때 도량 정비를 비롯하여 중증장애인시설을 만들고 템플스테이 등 다양한 프로그램을 도입하여 제주의 대표사찰로 성장시켰으니 약천사의 중창주重創主라 해도 과언 아니다.

특히 아이들과 법회 하는 것을 무척 좋아해서 어린이합창단까지 창립하여 공연을 기획하곤 했는데 옆에서 지켜보는 나는 감탄할 수밖에 없었다. 어린이 불자들이 전국적으로 침체되는 시점에 합창단을 만들어 활성화한 것은 칭찬을 거듭해도 아깝지 않다. 그가 주도한 어린이합창단 포교는 입소문이 나서 부산, 울산, 대구 등 각 사찰에서 어린이합창단을 창단하는 계기를 만들어 주었다. 이런 점에서 나는 성원 스님을 '열정의 수행자'라 부르고 '포교 전략가'라고 적는다.

이제는 약천사 주지를 마치고 제주시로 수행처를 옮겨 새로운 도전을 하고 있다. 번화가에 건물 한 층을 임차하여 불교대학을 개설하고 교육을 통한 전법을 시작한 것이다. 큰절 주지 임기 동안 심신이 지치고 피곤했을 텐데 잠시의 휴식도 없이 포교 일선에 나가는 것을 보며 그의 머릿속에는 수많은 전략이 있다는 것이 증명되었다. 어쨌든 그는 신나게 활동하며 즐기고 있어서 다행이다. 불교대학을 운영한다지만 임차료, 강사료, 운영비를 제하고 나면 적자일 것 같은데도 그는 크게 걱정하지 않았다. 힘들지 않으냐고 물을 때마다 "쌀 한 되, 된장 한 그릇, 간장 한 종지만 있으면 굶지는 않는다."고 당당하게 대답했다. 하긴 이미 완성된 그림은 재미없으니 또 다른 작품에 도전해야 흥미 있을 것이다. 그는 불교대학을 개원하는 날 이렇게 말했다. "출가자에게 포교와 전법은 선택이 아니라 의무입니다." 이것이 성원 스님이 제주도에 오래 머물러야 할 이유이고 열정과 신심으로 교육하는 이유이기도 하다.

오늘 아침에는 성원 스님이 휴대폰으로 사진을 전송해 왔다. 출근하는 길에 제주의 설경을 찍어서 보낸 것이다. 약천사에서 운영하는 자광원(중증장애인시설) 원장을 맡게 되었다며 호탕하게 웃었다. 도대체 그의 열정이 어디까지일지 궁금하지만 제주불교계는 그가 있어서 오히려 든든할 것이다. 왜냐하면 불국토 건설과 정토 구현을 위한 그의 도전과 실험은 지금도 현재 진행형이니까.

도영 스님

소탈한 여백을 지닌

도영 스님은 무골호인의 성품을 지녔다. 그를 싫어하거나 마다하는 사람은 주변에 별로 없다. 언제나 인심 좋은 사람처럼 허허 웃고 낙천적인 성격을 지니고 있다. 그런 까닭에 도영 스님은 친교 모임이 무척 많다. 주야육시로 스님 곁에는 사람들이 모여든다는 뜻이다. 사람과 사람 사이에는 신뢰와 정情도 필요하지만 소탈한 여백이 더 중요하다. 여백이 없는 사람은 매사에 무뚝뚝하고 시무룩한 표정으로 살아가기

쉽다. 그렇지만 여유와 낭만이 있는 사람은 인간적인 멋과 매력이 그림자처럼 따라온다.

도영 스님이 그런 격의 없는 사람이다. 치밀하고 완벽하지 않아서 오히려 그의 인생길에 슬쩍 동행하고 싶어지는 수행자다. 우리네 삶이 기계적이지 않고 인간적일 때 사람의 체온이 더 느껴지는 것은 사실이다. 이래서 나는 도영 스님을 부담 없이 믿고 따른다. 일 년 만에 만나도 어제 만난 사이처럼 간격의 틈이 보이지 않아 더욱 막역한 절집 선배님.

도영 스님은 성격이 원만해서 그런지 인맥이 폭넓게 형성되어 있다. 정계나 문화계 인사들을 비롯하여 이웃 종교의 신부님과 수녀님들과도 교류가 깊다. 그런 까닭에 어떤 일을 할 때마다 지인들의 도움으로 어려운 일들이 일사천리로 진행되는 것을 자주 보아 왔다. 도영 스님의 인복人福이 무량하다는 것이 이럴 때 증명되는 것이다. 작은 일이라도 사람을 서운하게 만들지 않는 것이 도영 스님의 품성인 것은 분명하다.

아주 오래전 도영 스님과 함께 네팔을 여행한 때가 행복한 기억으로 남아 있다. 그때 월드컵 개최 기념으로 해인사에서 만다라 전시를 기획하고 그곳의 불화를 구입하기 위해 떠난 일종의 출장이었다. 네팔의 중심 도시 카트만두에 며칠 머물

면서 미술품시장을 어슬렁거리다 필요한 물건을 흥정했다. 그때 스님의 흥정 실력을 눈여겨보면서 배운 점이 아주 많다. 작품을 보는 안목도 필요하지만 물건을 사는 요령이 없으면 현지인들의 상술에 휘둘리다가 바가지요금에 속아서 비행기 타는 경우가 허다하기 때문이다.

도영 스님의 이런 솜씨는 세계 여러 나라를 여행한 풍부한 경험에서 비롯된 것이다. 도영 스님은 자타가 공인하는 여행 마니아다. 때로는 혼자서 배낭여행을 하기도 하고, 때로는 사람들과 어울려서 단체여행을 하기도 한다. 지금까지 다녀온 나라만 하더라도 백여 개국. 선객禪客이 안거 들어가듯 스님은 일 년에 두 번 이상 여행을 떠난다. 외국에 나가 있는 날을 일 년 단위로 정산해 보면 365일 가운데 90일 정도는 사찰에 부재 중이다. 이제는 세납世臘 칠순을 넘겼으니 자제하여도 될 터인데 그의 지구촌 여행은 여전히 진행 중이다.

고인의 말씀에 "행락行樂이 불여좌고不如坐苦"라 했다. 오지여행을 다녀 보면 집에 있는 것만 못할 때가 많다. 불편하기도 하고 여정이 힘들 때도 있다. 그래서 "다니는 즐거움이 집에 앉아 있는 고통보다 못하다."는 것이다. 도영 스님이 한 달 동안 인도 배낭여행을 할 때 나도 동참한 적이 있다. 숙소를 구하고 열차표를 예매하는 일도 그렇지만 먼 거리를 이동

할 때는 열차에서 숙박을 해야 하고 열차가 연착이라도 하면 반나절이나 기다리는 일을 감수해야 했다. 그때 열차의 2층 침대칸에서 웅크리고 잠든 도영 스님을 보며 '왜 매번 저 고생을 하시나?' 하며 측은한 생각을 하기도 했다. 그러나 도영 스님은 번거로운 그 모든 과정을 여행의 묘미로 즐기는 것 같았다. 이미 인도를 수십 차례 다녀왔는데도 기회가 되면 다시 인도 갈 계획을 준비하고 있다니까 그는 진정한 여행자며 순례자다.

여행에 대한 도영 스님의 열정을 보면 '여행은 즐기지 않으면 안 된다.'는 공식이 성립된다. 그런 공식이 아니고서는 그 부단한 열망을 설명할 수 없기 때문이다. 아마도 스님은 여행지에 서 있을 때 비로소 자유인이 되나 보다. 그의 이런 자세는 탐구하고 배울 만하다. 나 또한 여행을 자주 동경하지만 먼 여로의 번거로움이 싫어서 머뭇머뭇하기 일쑤인데, 언제든 떠날 준비가 되어 있는 도영 스님의 그 자세는 닮고 싶다.

겨울 안거가 시작되고 가야산을 다녀왔다. 내가 해인사를 찾아가는 이유의 절반은 도영 스님이 그곳에 머물고 있기 때문이다. 용탑선원은 도영 스님이 살면서 도량이 일신되고 정돈되어서 새 절을 보는 것 같다. 해외 유람을 틈틈이 하면서도 언제 불사를 감행했는지 의문이 든다. 이런 점 또한 도영 스님의 비밀스러운 능력이며 특기다. 도영 스님을 뵈면 팔방 미인은 어떤 장소에서건 자신의 역량을 최대한 발휘한다는 것을 알 수 있다.

도영 스님은 겨울 추위를 막아 주는 털모자 하나도 평범하지 않다. 언제나 젊은이의 감각이 돋보이는 패션 스타일을 연출한다. 세속의 기준으로 보자면 멋지고 중후한 '꽃중년' 수행자다. 도영 스님의 삶을 원근遠近에서 들여다보며 나도 저렇게 늙어야겠다는 생각을 자주 하게 된다. 닉네임을 붙이자면 '가야산의 영원한 청춘'이다. 그래서 다시 인연이 도래한다면 가야산에서 도영 스님과 살고 싶은 소망이 있다.

상법 스님

운동을 수행처럼 하는

나는 자장면을 먹을 때마다 상법 스님이 떠오른다. 그와 얽힌 일화 한 토막이 지금까지 풋풋한 추억으로 남아 있기 때문이다. 학인 시절은 김치 한 조각도 맛있게 먹는 때이다. 그래서 국수나 라면 같은 밀가루 음식은 별식에 가까웠다. 더군다나 울력이 많았던 초년 학인들에게는 간식이 모자랄 때가 더러 있었다.

그 시절 상법 스님과 나는 휴식 시간을 틈타 자장면을 먹기 위해 사하촌下村으로 몰래 내려가곤 했다. 무슨 작전을 감행하듯 은밀하게 치르는 우리들만의 스릴과 재미가 있었다. 그러다 어느 날 상강례(일종의 조례 같은 것) 시간에 상법 스님의 이름이 공개되면서 이 일이 대중에게 알려지게 되었다. 그때 상법 스님은 해인사 안내 소임을 맡아 상급반 스님과 근무하고 있었는데, 전날 자장면을 먹으면서 양파를 너무 많이 먹은 게 탈이 된 모양이었다. 자극적인 양파 냄새 때문에 상급반 스님에게 들키고 말았다. 그래서 다음 날 아침 상강례 시간에 상법 스님의 허물이 대중적으로 지적된 것이다. 무단이탈도 문제였지만 오신채(다섯 가지 금기 음식) 가운데 양파를 먹은 것이 더 큰 허물이었다.

그때 나는 식은땀이 흐르고 있었다. 상법 스님과 행동을 같이 한 내 이름을 부르게 될 것이 분명했기 때문이다. 그런데 상법 스님이 "어제 행동은 저 혼자 하였습니다."라고 큰 소리로 말하는 것이었다. 그 일로 인해 상법 스님은 법당에서 일주일간 삼천배 참회를 하였다. 그날 당당하게 일어나서 허물을 대중에게 밝히지 못한 나 자신이 염치없었다. 지금까지 그에게 남아 있는 마음의 빚이다.

그 시절 우리는 왜 그리 자장면을 좋아했는지 모르겠다. 합천읍까지 택시를 타고 가서 몇 그릇 후딱 비우고 돌아오는 날은 음식 값보다 택시 요금이 몇 곱절 더 들었다. 그래도 그 일을 즐겨 했던 것은 자장면 한 그릇의 맛보다는 통제된 병영에서 벗어나는 병졸들의 기분과 같지 않았을까 싶다.

상법 스님을 보면 운동선수의 근육을 만지는 것처럼 건강하고 단단하다. 산을 오를 때나 공을 찰 때는 마치 청년처럼 기운이 넘치고, 체조를 할 때는 선수 못지않게 유연한 동작을 만들어 낸다. 이러한 그의 체력은 운동을 좋아하는 타고난 기질 때문이다. 그래서 못하는 종목이 별로 없다. 검도와 태극권은 사범을 할 만큼의 실력이고 요가와 선체조도 강사급이다. 특히 그는 등산을 즐겨 한다. 전문 산악인들도 스님의 산 타는 실력에 놀란다. 지리산을 앞산처럼 누비고 다닐 정도로 그의 트레킹은 프로 수준이다. 아마 출가하지 않았다면 분명 운동선수가 되었을 것이다.

운동은 수행자의 공부와 닮아 있다. 운동할 때의 집중력과 지구력은 화두 공부의 생리와 비슷하다. 운동으로 따진다면 수행은 장거리 코스에 가깝다. 그래서 상법 스님은 운동을 수행길의 공부법으로 운용하는지도 모르겠다. 나는 그가 함부로 우격다짐하거나 힘자랑하는 것을 보지 못했다. 힘을 이용해 만용을 부리지도 않는다. 그것은 그 자신이 수행자라는 사실을 잊지 않고 있기 때문이다. 진정한 무인처럼 상법 스님은 자신을 다스리기 위해 운동을 하고 있는 것처럼 보인다.

상법 스님에게 견주어 보면 나는 정말 무딘 운동신경을 가지고 있다. 해인사에는 예나 지금이나 축구를 좋아하는 스님들이 많다. 본사로서는 유일하게 축구 전용 운동장을 갖추고 단옷날은 산중 스님들이 축구 시합을 한다. 그래서 해인사 스님들의 축구 실력은 절집에서는 일등이나 다름없다. 그 실력이 소문나서 어느 해는 월드컵 유치 기념으로 연예인 축구단과 스님들이 축구 시합을 벌여 화제가 된 적도 있다. 그런 해인사에서 축구 시합을 할 때면 상법 스님은 언제나 공격수역할을 하면서 그라운드를 누비고 다녔다. 공을 잡으면 비호처럼 움직이는 그의 모습이 지금도 눈에 선하다.

한때 나는 상법 스님의 운동 일과에 동참한 적이 있다. 새벽예불을 마치고 절 뒷산까지 등산하는 일이었는데 놀란 것은 이 일을 단 한 번도 빼먹는 일이 없다는 사실이었다. 비가오면 우의를 입고, 눈이 오는 날에는 아이젠을 신발에 붙이고 산에 올랐다. 더러 쉬고 싶거나 늑장을 부리고 싶은 날도 있었지만 그 앞에서는 용납이 안 되었다. 정말 지독한 교관이나 다름없었다.

그렇게 지내면서 안일한 마음과 방일한 방식을 고칠 수 있었다. 자기 질서에 엄격하지 못하면 수행의 일상이 흔들린다는 사실을 그를 통해 배웠다. 든든한 둑도 손가락만 한 구멍이 무너지게 하듯이 마음의 틈도 작은 게으름에서 생긴다는 법문을 몸소 일러 준 것이다. 내 몸이 한없이 나태해질 때마다 그가 살고 있는 곳으로 떠나는 꿈을 꾼다.

상법 스님은 지리산에 살았으나 그 후 서울 봉은사에서 오래 지내다가 최근에 제주도 법륜사로 자리를 옮겼다. 그곳에서 일심 정진하며 쇠락한 절을 수리하고 도량을 중창하는 중이다. 작년에 산악자전거를 타다가 크게 다쳐서 병원 신세를 진 적이 있다고 들었다. 지금도 산악자전거에 심취하여 사는 것을 보면 그는 여전히 운동광狂이다.

향산 스님

살아가는 시시콜콜한 이야기를 허물없이 나눌 수 있는 친구는 삶의 위안이며 등불 같은 존재일 것이다. 그렇게 따진다면 향산香山 스님은 세속의 '깨복쟁이' 친구 같은 도반이다. 그를 찾아갈 때마다 둘이서 팔베개를 하고 밤새 이야기를 나눈다. 그러고도 다음 날 아침이면 헤어지는 일이 또 아쉬움으로 남는다. 그래도 그를 만나고 나면 마음 한구석이 환해지는 기분이 든다. 걸망 지고 홀로 떠도는 삶이어도 결코 외롭거나 두렵지 않다는 용기가 생긴다. 중노릇이 깊어져야 비로소 도반의 정을 안다더니 내가 지금 그런가 보다. 요즘 들어 도반의 조그만 관심과 잔잔한 손길에 울컥 가슴이 멘다.

가야산 시절에 크게 몸살을 앓은 적이 있다. 그때 간병실에 누워 이불을 덮어 쓴 채 종일 오한에 시달리다가 해질녘이 되어서야 나도 모르게 스르르 잠이 들었던 모양이다. 잠에서 깨어 보니 옷은 후줄근하게 다 젖어 있고, 누군가 내 머리맡에 앉아 있는 게 보였다. 그는 내가 누워 있는 동안 줄곧 물수건으로 이마의 땀을 닦아 주고 있었던 것이다. 그가 바로 향산 스님이다. 그는 그때 간병看病 소임을 맡아 환자를 위해 죽을 나르고 약을 지어 오는 등 간병인의 역할을 하고 있었다. 그러한 그의 정성 때문이었는지 다음 날 몸이 많이 가벼워졌다. 그때 나는 어렴풋이 도반의 우정 같은 걸 실감할 수 있었다. 그 일을 그는 까맣게 잊고 지낼 것이다. 그러나 나는 두고두고 그 손길을 잊지 못한다. 그 일로 인해 나는 수행길의 고비마다 그를 찾아 시름을 달래며 엄살 피우고 있다.

한때 그는 오래된 누비옷을 입고 있었다. 낡아서 군데군데 천을 덧대어 기운 곳이 더 많은 옷이었다. 은사스님이 입던 옷이라고 했던 것 같다. 지금껏 나는 그가 새 옷을 지어 입는 걸 보지 못했다. 항상 누군가가 두고 간 헌옷을 고쳐 입고 다닌다. 그래서 그에게서 옷맵시가 나지 않을 때도 더러 있다. 바지와 윗도리가 한 벌이 아니라서 달랑해 보이기도 하고, 어떨 땐 너무 커서 헐렁해 보이기도 한다. 그렇지만 그가 옹색하거나 초라해 보이지 않는다. 그 어떤 옷을 입는다 할지라도 그의 천진한 표정이 달라지지 않는다는 것이다. 그를 보면 꽃향기는 바람을 거슬러 오지 못하지만 수행의 향기는 바람을 거슬러 사방에 풍긴다는 경구의 가르침이 떠오른다.

향산 스님은 재미있는 별명을 하나 가지고 있다. '심 목사'라는 별명이 그것인데 부흥회 하는 목사처럼 막힘없는 그의 언변 때문에 속가 성(姓)을 따서 그렇게 부르는 것이다. 그의 논리는 무척 정연하다. 그래서 나는 종종 그가 부처님의 십대제자인 부루나존자의 후예일 거라 확신한다. 부루나존자는 자기 주장을 강요하기보다는 상대의 연설을 먼저 경청하고 모순점을 토론하는 포교법을 구사하였다고 한다. 말을 잘한다는 것은 남의 말을 잘 들어준다는 것을 의미하기도 한다. 일방적인 자기 주장은 편견이나 독선에 가깝다. 이런 점에서 향산 스님은 백 점짜리 포교사다. 그와 앉아 이야기해 보면 얼마나 상대방의 말을 잘 들어주는지를 알 수 있다.

한번은 이런 일이 있었다고 한다. 지하철을 타고 가는데 이웃 종교의 전도사가 말을 붙여 오더란다. 그래서 당신의 말을 얼마든지 들어주겠다며 묵묵히 앉아 있었다. 한 시간가량 지나 전도사가 이제 다 끝났다고 일어나려 할 때 스님이 그의 허리춤을 잡았다. 이제부터는 자신의 말을 들어줄 차례라며 그를 붙들고 조용히 말을 이어 갔다. 그때 스님은 내리지도 않고 역을 몇 바퀴 돌면서까지 올바른 복음에 대해 이야기하였다. 나중에는 전도사가 지쳤다는 듯이 슬그머니 역에서 내렸다고 한다. 그런데 더 놀라운 것은 스님도 같이 내려 그 사람 집까지 걸어가면서 법문을 하였다는 사실이다. 그리고 그 전도사 입에서 다시는 이웃 성직자에게 전도하는 무례를 범하지 않겠다는 다짐을 받고 헤어졌다. 일방적이고 공격적인 전도 방식에 대한 스님 나름의 일침이었던 것이다.

그는 오랫동안 미얀마에서 수행하였다. 동남아 불교성지를 순례하고 몇 년 뒤 돌아왔을 때 알아보지 못할 정도로 깡말라 있었지만 눈빛은 여전히 순수했다. 그는 보현보살의 십대원十大願 가운데 유독 상수불학원常隨佛學願을 좋아한다. 항상 부처님의 가르침을 따르겠다는 보현보살의 서원이 이제는 그의 원력이 된 것 같다. 향산 스님은 법주사 강원의 강주講主를 맡아 승가교육에 헌신하며 중년 시절을 다 보냈다. 일찍이 동국대학교에서 불교학을 전공했던 그가 학림學林으로 돌아가 경전을 강의하는 일은 결코 낯설지 않은 일이었다.

그는 법주사 강주 소임을 마치고 거처를 경기도 평택 도원사로 옮겼다. 속리산에서 십오 년 동안 강의하면서 후학 양성에 매진했던 그의 열정과 공덕은 불망不忘의 기록으로 남을 것이다. 이제 도심 포교당에서 신도 교육을 위해 혼신을 쏟고 있는 향산 스님의 새로운 도전에 또 한 번 박수를 보낸다.

2장

멀어진 느낌 애틋한 오해

성전 스님

성전 스님

감성의 목소리

거울 안거를 마치고 충청남도 천안에 있는 천흥사에서 작은 모임이 있었다. 여기 절 주지를 맡고 있는 성전惺全 스님이 손님을 정성스럽게 안내했다. 그 자리에는 몇 해 만에 만나는 수덕사의 주경 스님도 보였다. 이번에 함께 자리한 스님들은 '해림회海林會' 멤버들이다. 해인사에서 발행하고 있는 월간「해인」의 편집장과 편집위원 출신들이 안부를 물을 겸 해서 만든 일종의 친목 모임이다.

이번 모임의 좌장은 성전 스님이었다. 언제 보아도 미소가 일품이다. 입가의 미소가 그의 트레이드 마크다. 누구나 그 미소 앞에서는 스스로 마음이 풀어질 수밖에 없다. 법문을 하거나 방송을 진행할 때는 그의 목소리에도 미소가 따라다닌다. 심지어 그가 발표했던 수많은 문장 속에도 미소가 숨어 있다. 한마디로 언어의 향기를 미소로 전하는 수행자다.

그는 급하거나 바쁠 게 없는 성품이다. 언제나 느긋하고 여유가 느껴진다. 그래서인지 그가 막 뛰어다니거나 서둘러 재촉하는 것을 아직까지 보지 못했다. 내가 이곳에 절을 새로 짓고 개산 기념일에 그를 초청하여 법회를 열었다. 그런데 시간이 임박했는데도 도착하지 않아 내 마음을 졸인 적이 있다. 그날 신도 임원들이 대전역으로 마중 나가 모시고 오면서 길을 잘못 들어, 사십여 분을 돌아서 왔다면서 "원래 길이 이렇게 먼 줄 알았어요?" 하며 허허 웃었다. 이처럼 그는 매사 시비가 적고 긍정적인 성격이다.

성전 스님은 월간 「해인」 편집장을 지냈다. 그의 편집장 시절에는 문단의 저명인사들이 필진으로 참여하여 잡지의 품격과 대중성을 높였다. 소설가 최인호, 시인 정호승, 노무현 전 대통령 등이 해인지에 글을 게재했는데 모두 성전 스님이 인맥을 동원하고 발품을 판 덕분이었다. 그 당시 가톨

릭 신자이면서 불교에 심취했던 최인호 작가가 〈나는 아직
도 스님이 되고 싶다〉는 연작 글을 써 주어서 사회적 관심
이 되기도 했다.

성전 스님이 경상남도 남해 염불암에 머물 때 신도들과 순
례를 간 적이 있다. 그는 청중들 앞에서 "지금 살아 있다면
아직까지 최악의 상황은 아니다. 그저 견딜 만한 것이다."라
며 삶의 무게를 격려하고 응원해 주었다. 나도 그 현장에 함
께하면서 법문을 글 쓰듯 전달하는 그의 재능에 은근 감탄하
게 되었다. 글 속의 문장처럼 막힘없이 연설하는 일은 결코
쉽지 않기 때문이다.

아무리 봐도 그는 탁월한 예능인 같아 부러울 때가 많다.
달콤한 목소리도 그렇거니와 노래 실력도 수준급이다. 가곡,
가요, 팝송에 이르기까지 그의 목소리를 통하면 감성 충만에
매료되어 저절로 박수가 터진다. 이런 까닭에 그의 주변에는
독자와 노래 팬들이 포진하고 있는지도 모른다. 오죽했으면
그가 진행하는 불교방송 라디오 프로그램에 청취자들의 신
청곡을 받아 직접 노래 불러 주는 시간까지 개설했을까. 그
덕분에 그의 노래 실력은 전국의 불자들에게 알려져 산사음
악회의 단골 사회자로 활동하며 노래까지 선사하는 예능 스
타가 되었다.

그는 승가결사단체 선우도량에 참여하여 불교개혁운동에 앞장서기도 했는데 해인사 학림學林 시절에 이미 민주투사 기질을 보여 준 적이 있다. 당시 전두환 전 대통령이 퇴임 후 고향을 방문하는 길에 해인사를 참배하는 일정이 있었는데 산문을 가로막으며 앞장서서 출입을 저지했던 인물이 성전 스님이다. 그는 군사정권의 감시 속에서도 전두환을 독재자로 평가하고 양심 있는 행동을 했던 것이다. 물론 그 일은 파장이 커져서 스스로 모든 책임을 감당해야 했지만 정의로운 사회와 청정한 승가를 염원했던 그의 생각은 지금도 여여如如하다.

살아가며 만나는 모든 사람들을 향해
한 번쯤 물어보십시오.
당신과 나는 그전에 무엇으로 만났었을까.
당신과 나는 또 얼마나 먼 시간이 지난 후에
만날 수 있는 것일까.
이렇게 생각하면 우리가 마주하고 있는 사람이
너무나 소중하게 다가옵니다.

그가 펴낸 산문집의 한 단락이다. 성전 스님의 글은 수채

화처럼 맑고 호수처럼 유려하다. 산문을 마치 시를 읊는 듯 서술해 가는구나 싶다. 이런 까닭에 그의 문장에 열광하고 위로받는 독자들이 많다.

월간 「해인」은 창간 당시부터 승려 작가들의 산실로 유명하여 종림, 현웅, 여연, 원택, 향적, 무관, 시명 스님 등을 배출하였으며 사진가 주명덕 선생과 판화가 이철수 선생도 해인지를 통해 더욱 유명해졌다. 성전 스님을 비롯하여 해림회에 소속된 스님들은 창간 세대와 견주면 2세대 필진이긴 하지만 왕성한 저술 행위와 더불어 현재 종단의 여러 분야에서 활동 중이다.

그 가운데 성전 스님이 가장 두드러지게 활약 중이라 해도 과언이 아니다. 총무원 소임도 살아 보았고, 서울 도심 사찰의 주지도 해 보았으며, 최근에는 불교신문 주간을 지내기도 했다. 내가 알기론 이십 년 가까이 지방에서 서울을 오가며 방송 포교에 매진하고 있지만 지친 기색이 없다. 그가 지닌 열정과 소신으로 보아 방송 포교의 최장수 역사가 무난히 이루어질 것으로 기대한다.

불굴 스님

1.

　불굴 스님의 지난 수행 일정은 무척 드라마틱하다. 열세 살 어린 나이에 출가한 스님의 수행길은 굽이굽이마다 진한 감동과 가르침이 살아 있다. 소리꾼은 가슴에 한이 서려야 저 깊은 곳에서 소리가 울린다고 했던가. 불굴 스님은 어찌 보면 소리꾼 못지않게 신산辛酸한 삶을 사셨다. 그래서 스님의 수행 이력은 그 어떤 법문보다 잔잔하게 마음을 일깨운다.

불굴 스님은 오른쪽 손가락 세 개가 없다. 손가락 세 마디가 닳은 것처럼 보이지 않는다. 부처님께 연지燃指공양한 거룩한 훈장이다. 그 손가락 마디마디를 태운 스님의 구법求法 정신에 절로 고개가 숙여진다. 혈기 왕성하던 청년 시절에 연지를 하기까지의 사연은 마치 영화 속 이야기 같다.

20대의 스님은 수행자로서의 기상이 펄펄 살아 있었다. 마치 칼 같은 성격이었나 보다. 그래서 원칙에 벗어나거나 도리에 어긋난 일은 용납하지 못하는 성격 때문에 늘 말썽이 많았다. 특히 법주사 강원에서 공부할 때는 하루도 조용한 날이 없었다고 한다. 도량에서 담배를 피우거나 짧은 치마를 입고 온 관광객과 다투는 일이 자주 있었다. 결국 그러한 행동 때문에 법주사에서 오래 살지 못하고 해인사로 가게 된다.

예나 지금이나 해인사는 스님들의 개성이 강하고 성격이 불 같다. 그래서 해인사에서는 스님들과 주먹다짐을 하는 일도 있었다고 한다. 그 당시를 함께 살았던 도반 스님들의 말에 의하면 정말 못 말리는 사고뭉치 괴각乖角이었단다. 그러던 어느 날, 오른손을 바라보던 스님이 "오른손이 악업을 짓고 주먹질을 하는 놈이니 이 손의 독기를 죽여야 한다."고 결심하면서부터 자세가 확 달라지게 되었다.

그날부터 장경각에서 백일기도를 시작하고 오른손의 힘

으로 목탁만 칠 것을 서원했다. 오른손의 힘을 내부로 돌리자 지난날의 행동에 대한 참회의 눈물이 흐르고 알 수 없는 신심이 일어나는 것을 느낄 수 있었다. 백일기도를 마치는 날, 스님은 연지공양을 올리기로 마음먹었다고 한다.

연지를 할 때는 반드시 스님들이 옆에서 지켜보고 있어야 했다. 연지를 하는 스님이 뜨거움을 참지 못해 기절하는 경우가 있기 때문에, 그러한 응급 상황에 대비하기 위해서 공개적으로 진행해야 하는 것이다. 모기에 물려도 움찔하고 손끝에 상처만 나도 통증을 느끼는 우리로서는 상상도 못할 일이다. 살이 녹는 그 뜨거움을 어떻게 견딜 것인가. 그렇지만 수행을 통해 환희심이 생기면 그 고통을 수행으로 승화시킨다고 한다. 이러하므로 수행길에서 육신 일부를 소신燒身하는 일은 자기 학대가 아니라 공부를 확인하는 과정인지도 모른다. 끝없이 집착하던 육신에서 자유로워졌다는 뜻은 아닐까.

불굴 스님은 엄지와 계지를 남기고 가운데 세 개의 손가락에 헝겊을 친친 감고 기름을 부었다. 이때 기름이 배어들도록 먹이는 일이 중요하다. 그렇지 않으면 살을 태우지 못하고 화상만 입는다고 한다. 알코올을 붓고 불을 붙이는 광경은 상상만 해도 거룩하고 숭고한 의식이 아닐 수 없다.

불굴 스님은 당시를 회상할 때마다 부처님의 가피가 있었다고 믿는다. 손가락이 타들어 가는 그 시간 동안 아무런 고통이 없었다고 한다. 마치 화두 삼매에 몰입한 것처럼 정신이 오롯하고 성성하였다고 하니까, 당시 스님의 신심이 어떠했는지를 짐작할 수 있다. 그때가 여름이었는데 그 부위가 곪거나 덧나지 않고 화독火毒이 스며들지 않은 것도 불가사의하다. 흔히 연지를 하면 뼈는 남는다고 한다. 스님은 병원에서 살점만 타고 남은 뼈를 기계로 자를 때 예쁘고 보기 좋게 해 달라고 농담까지 하셨단다.

연지공양을 하면서 스님은 다시 한 번 출가하는 계기가 되었단다. 거짓말같이 주먹질 습관이 사라지고 밖으로만 치닫던 성격이 안으로 다스려진 것이다. 물길을 논으로 돌리면 농사를 짓듯, 스님은 힘의 작용을 마음공부로 전환시킨 것이다. 그전까지는 백일기도를 제대로 회향한 적이 없었다고 한다. 기도만 시작하면 마장魔障이 생기고 시비가 일어나서 중도에 그만두기 일쑤였지만 연지한 다음부터는 공부가 일사천리로 되었다. 그래서 스님은 해인사 강원을 무사히 졸업한 것을 자랑으로 생각하신다.

지금의 불굴 스님은 봄 햇살처럼 따스하다. 그 젊은 날의 기질이 이제는 안으로 스며 있는 듯하다. 멜로 영화를 보면 눈물부터 흘리고 달라이 라마의 삶을 존경하는 스님이기도

하다. 조석으로 예불을 올리면서 티베트의 독립을 간절히 발원하고 있다. 이러한 스님을 뵈면 과격성과 유연성은 하나의 성질이라는 생각이 든다. 그 성질이 쓰는 작용에 따라 아주 다르게 나타난다는 점이다. 수행의 묘미는 마음의 에너지를 무량한 자비로 전환시키는 일이 아닐까 싶다.

불굴 스님의 행자 시절 이야기는 정말 눈물이 난다. 경상북도 선산 도리사에서 열세 살 되던 해에 행자 생활을 시작하여 강원도 고성 건봉사에서 수계할 때까지, 그 사 년의 행자 기간은 보릿고개의 기억처럼 가슴에 남아 있다. 흔히 행자 시절은 중노릇의 든든한 밑천이 되는 만큼 고생스럽다고 말하지만 불굴 스님의 행자 생활은 그 고생이 혹독하고 가난한 순례자의 역정 같다.

가장 신심 나던 행자 시절은 도리사에서 공양주 노릇 하던 때였다고 말씀하신다. 당시 율사律師로 존경받던 종수 노스님을 모시고 행자 생활을 했기 때문에 노스님의 언행과 가르침을 가까이서 배울 수 있었다. 그래서 새벽에 일어나서 밥 짓고 청소하는 일이 조금도 힘들지 않았단다. 노스님 또한 그런 어린 행자를 무척 귀여워하고 잘 보살펴 주셨다고 한다.

그러던 어느 날 아침, 종수 노스님 발우에서 메뚜기 한 마리가 발견되는 일이 생겼다. 어린 공양주는 정말 기가 막힐

노릇이었다. 솥에서 밥을 풀 때도 이상이 없었는데 어찌 된 일인지 메뚜기 한 마리가 으깨지지도 않고 밥 속에 고스란히 담겨 있었던 것이다. 밥을 지은 어린 행자는 대중들에게 눈물이 날 정도로 혼이 나고 꾸지람을 들었지만, 종수 노스님은 껄껄 웃으며 마음에 두지 말라고 하셨다. 그러나 어린 행자는 다음 날 짐을 꾸리고 그곳을 떠나기로 결심했다. 더 이상 노스님께 폐를 끼칠 수 없었기 때문이다.

지금도 그 어린 공양주 시절을 회상하면 목이 멘다고 하신다. 그렇게 자신을 아껴 준 노스님께 인사도 올리지 못하고 산을 내려올 때의 심정은 정든 집을 떠나는 것 같았고, 정말 눈물이 앞을 가려 한참을 절 아래에 앉아 있었단다. 아마 그 시절, 어린 행자를 시기한 동료 행자가 몰래 메뚜기를 밥 속에 넣었는지도 모르겠다.

또한 불굴 스님은 주왕산 너머 청량산 깊은 암자에서 숯 장사 하던 행자 시절을 잊지 못한다. 긴 행자 시절 가운데 가장 힘들고 배고팠던 경험이기 때문이다. 청량산의 그 암자는 법당을 새로 지으려고 터를 닦아 놓고 있었다. 그래서 할 일이 태산 같았다고 한다. 무엇보다 그 암자에서는 숯을 구워 양식을 사고 나머지 돈으로 불사를 하고 있었으므로 행자 한 사람은 일꾼이나 다름없었다. 아침 먹고 산에 올라가 숯 만들 나무를 베어 놓고 내려오면 하루 해가 저물던 그때, 스님은 보리밥 한 그릇 먹고 그 힘든 일을 했다.

숯을 만들어 지게에 지고 삼십 리 길을 걸어 장에 내다 팔았다. 어쩌다 소나기라도 만나면 얼굴은 물론 바지까지 시꺼먼 숯물로 범벅이 되기도 했다. 숯을 팔고 빈 지게를 지고 먼 암자까지 돌아올 때는 자신의 처지에 눈물이 나서 고갯마루에 서서 어머니를 불렀단다. 초등학교를 가고 올 때면 꼭 절 마당을 지나게 되었는데 스님들의 모습이 참 보기 좋았다. 그래서 스님이 되겠다고 나선 길이 어느새 고생길이 되었으니 엄마 생각이 절로 날 만도 했을 것이다. 그 암자의 주지스님은 일만 시키는 것이 미안했던지 어느 날 공부할 수 있는 스님을 소개해 주어 그곳을 떠났단다.

청량산 암자에서의 행자 생활은 스님에게 어떠한 상황에서도 혼자 살 수 있는 자신감을 배우게 했는지 모른다. 지금도 스님은 남에게 일을 잘 맡기지 않는다. 뚝딱뚝딱 망치질을 하면 움막 같은 집이 지어지고, 쓱싹쓱싹 톱질을 하면 땔감이 될 나무 몇 짐이 금세 만들어진다. 아직 힘이 장정 못지않다. 어쩌다 옆에서 도우려 해도 스님의 일손 앞에서는 아이 놀음밖에 안 된다. 지금 살고 계신 곳도 칠 할은 스님이 직접 고치고 지은 절이다. 일하는 요령이 생기고 일 앞에서 겁

내지 않는 것, 이 모두가 청량산 암자의 행자 시절 덕분이라고 하신다.

스님은 강원도 낙산사에서도 행자 시절을 보냈다. 그 옛날 신라의 도의 선사가 공부자리를 찾아 강원도까지 북행북北行北하였듯이, 도리사에서 시작된 스님의 행자 시절 이야기도 마치 구법여행 같아서 흥미롭다. 당시 낙산사는 대처승이 주지를 하고 있었는데 정말 어려운 시절을 보냈다고 한다. 속옷도 입지 않고 얇은 나일론 바지 하나로 긴 겨울을 지냈고, 얼마나 추웠는지 주지스님 요강을 비울라 치면 손이 요강에 쩍쩍 달라붙을 지경이었단다. 지금도 겨울이 되면 그 당시 이야기가 단골 메뉴다. 그만큼 오래오래 지워지지 않는 일인지도 모르겠다.

정월에 계를 받고 스님이 된다는 부푼 마음에 낙산사에서의 그 겨울을 춥지 않게 보낼 수 있었다. 그렇지만 막상 정월이 되자 '중 될 자격이 없다.'면서 주지스님이 계를 주지 않았단다. 그때의 낙담은 어린 나이에 큰 상처가 되었다. 중 되는 일이 그토록 힘들었던 불굴 스님. 스님은 열일곱 살에 강원도 고성군 건봉사에서 비로소 훤칠한 출가사문이 된다. 그 멀고 긴 행자 시절이 마침내 끝난 것이다.

2.

지리산 칠불암에서 올린 백일기도의 가피는 듣는 이로 하여금 절로 신심 나게 만든다. 어느 해 겨울 안거를 지내기 위해 칠불암을 찾았다. 그러나 그 겨울에는 스님들이 많이 몰려 늦게 도착한 불굴 스님의 입방이 허락되지 않았다고 한다. 스님은 그때 선원에서 공부하지 못할 바에는 기도를 올리자고 마음먹었다. 선방 대신 기도하는 조건으로 동안거를 지내게 된 셈이었다. 당시 스님은 허리 병으로 고생하고 있었다. 그래서 치료를 위해 쑥뜸을 뜨기도 하고 심지어는 똥물까지 마셔 봤다고 한다. 그러나 좀처럼 허리 병은 낫지 않았다. 칠불암에서 기도할 때는 허리 병이 있는 환자로서는 거의 초인적인 힘이었을 것이다. 선 채로 꼼짝없이 기도하는 자세는 허리에 무리가 가는 일이기 때문이다.

그때 스님은 하루에 네 번, 선방에 앉은 스님들과 똑같이 기도로써 정진하였다. 밥 먹고 잠자는 시간 빼고는 법당에서 나오지 않았다고 한다. 그리고 회향일이 가까워 오자 스님은 21일 용맹정진을 각오하게 된다. 잠자지 않고 기도를 하겠다는 뜻이었다. 특히 저녁밥 먹고 기도에 들어가면 다음 날 아침까지 꼼짝 않고 철야기도를 올렸다고 하니까, 그때의 신앙심이 얼마나 절절했는지를 알 수 있다.

그렇게 주야로 기도하기를 일주일 되는 날 새벽, 하얀 수염을 하고 도포를 입은 노인을 만나게 된다. 그 노인은 긴 침을 하나 들고 있었는데 그 침을 불굴 스님의 항문으로 쑥 집어넣는 것이었다. 순간 뭉클한 느낌이 드는가 싶더니 침을 쑥 빼더라는 것이다. 놀라서 눈을 떠 보니 자신은 법당에서 목탁을 치고 있었고, 그 노인은 비몽사몽간에 나타난 것임을 깨달았다. 그때 침 맞던 느낌을 전할 때 스님은 삼천대천세계가 환히 열리는 기분이었다고 말씀하신다. 아마도 업이 일순간에 빠져나가는 그런 느낌이었을 것이다.

기적은 그때부터 일어났다. 허리가 아파서 옆으로 돌리지도 못했는데 스르르 허리가 움직이기 시작했고, 소변 볼 때에도 고개를 숙이지 못했는데 거짓말처럼 숙여지더란다. 한마디로 허리 병이 다 나아 버린 것이다. 그때 스님은 비로소 부처님의 가피와 영험을 확신하게 된다. 스님은 업으로 인한 병은 허리부터 온다고 믿는 분이다. 이러한 허리 병은 수술로는 치료가 불가능하고 기도 가피를 통해 치료가 가능하다는 것이다.

그때부터 스님은 기도하는 일을 멈추지 않고 계신다. 지금까지 천일기도를 세 번이나 마쳤다. 어떤 절에서는 목탁 소리 시끄럽다고 쫓아낸 적도 있었단다. 스님은 기도를 하면서 화두를 챙긴다고 하신다. 물 흐르듯 쉼 없이 기도하시는 스님을 뵈면 염불삼매와 선정삼매는 결국 같은 힘인 것 같다. 몸이 건강해야 화두가 성성하다는 것이 스님의 지론이다. 업이 맑아야 그 어떤 수행에도 마장이 적다는 것은 누구나 경험하는 일이다.

불굴 스님은 경기도 가평에 작은 암자를 창건한 적이 있다. 처음 그곳에 터를 잡고 기도할 때는 남의 창고를 빌려 시작하셨단다. 당시 스님은 신문지를 깔고 공양을 할 정도로 살림살이가 없었다. 어느 날 기도비 십만 원의 불공이 들어왔는데 그 돈으로 밥상을 마련했던 일이 가장 잊히지 않는다 하셨다. 그곳에서 하루에 열두 시간을 법당에서 목탁을 두들기고 어쩌다 신심이 나면 밤샘까지 하셨다. 가끔 스님이 계시던 그 암자에 들러 목탁 소리를 들을 때마다 기도 없는 내 삶이 참 부끄럽게 느껴졌다.

가평은 불굴 스님이 군대 시절을 보낸 곳이다. 통신병으로 가평 지역의 산을 누비면서 그 산세가 무척 마음에 들었다고 한다. 그래서 먼 훗날 절을 지으면 꼭 가평에 터를 잡을 것이라고 자신에게 약속했는데, 결국은 그 원력을 이룬 셈이다. 스님은 군 복무를 계기로 혈육지간도 부질없다는 것을 알았다. 신체검사가 나오자 베트남전쟁에 지원하고 싶었다.

그래서 부모님께 말씀드렸는데 아들이 사지死地에 간다는데 남의 일처럼 무표정하게 말하는 것을 보고, 그 일을 통해 끈 끈하게 이어진 부모자식의 정을 끊을 수 있었다고 한다.

번뇌가 많으면 깨달음도 크다고 했던가. 위기를 바꾸면 기회이듯 수행자는 인생의 반전을 준비하는 사람들이다. 불굴 스님은 수행자의 방황과 갈등을 공부로 잘 승화시킨 대표적인 예라고 해야 할 것이다. 그런 점에서 불굴 스님은 그 어떤 경사經師보다 나를 일깨우는 참스승이다.

세월이 아주 지난 지금은 강원도 산골 오두막에 홀로 계신다고 들었다. 몇 해 전에 뵙고 아직 문안을 여쭙지 못하고 있다. 칠순을 넘긴 스님은 기운이 예전 같지 않아서 할 일을 미루고 계신다는 후문. 이제는 몸을 좀 돌보면서 기도 정진하셨으면 하는 바람이다.

성안 스님

아름다웠던 미소가

법당 앞 홍매에서 짙은 암향暗香이 번진다. 아침마다 발걸음이 나도 모르게 그곳으로 향하게 된다. 그러나 나무 아래에 가지 않고 먼발치에서 은은한 향기와 마주한다. 송대宋代의 학자 주돈이의 글을 보면 '향원익청香遠益淸'이라는 표현이 있는데 멀리서 풍기는 향기가 더 맑다는 뜻이다. 가까이서 코를 대고 향기를 취하는 것보다 조금 떨어져서 향기를 즐겨야 그 신비를 느낄 수 있는 것이다.

춘란春蘭도 옆에 두고 보면 그렇다. 난향이 속살을 열기 시작하면 그 은밀한 향기가 온 방에 번지지만 곁에 가면 향기가 그다지 진하지 않다. 어느 정도 간격을 두어야 비로소 향기에 젖을 수 있는 것이다. 이래서 적당한 거리에서 그 사람을 그리워하는 사이를 '지란지교'라고 표현하나 보다.

지란지교 같았던 수행자를 그리워한다. 지금은 세상을 떠나고 없는 성안, 그 사람이다. 어느 해 성안 스님이 이곳에 들른 적이 있다. 그때는 어떤 기념회가 열린 날이라서 난분蘭盆 하나가 내 방에 놓여 있었다. 성안 스님은 그 향기를 가져가야겠다며 손수건을 꺼내더니 꽃 위에 올려놓고 향이 배어들 때까지 기다렸다. 그리고 공양 후 그 손수건을 지니고 가야산으로 떠났다. 꽃향기 한 움큼 지니고 그렇게 산으로 돌아갔다.

그 기억 때문인지 봄날이 되면 문득문득 성안 스님 생각이 난다. 섭섭할 틈도 없이 맞은 이별이라서 매화꽃을 보니 그가 더 그립다. 무엇이든 다 베풀 것 같은 격의 없는 미소를 지으며 성큼성큼 다가오는 상상을 한다. 꿈에서라도 만난다면 이번에는 매화 향기를 손수건 가득 담아서 보내고 싶다. 꽃향기처럼 가까이 있을 때는 모르다가 꽃이 지면 다시 기다리듯 벗 또한 이별하고 나서야 더 사모하게 되는 것 같다.

만남에는 서로 영혼의 메아리를 주고 받을 수 있어야 한다. 너무 자주 만나게 되면 상호 간에 그 무게를 축적할 시간적인 여유가 없을 것이다. 먼 거리에 있으면서도 마음의 그림자처럼 함께할 수 있는 그런 사이가 좋은 인연일 것이므로 만남에는 반드시 그리움이 따라야 한다. 이런 점에서 성안 스님은 승가의 서열로는 후배지만 다정하고 청정한 도반으로 내 가슴속에 간직되어 있다.

가수 김광석은 "매일 이별하며 살고 있구나."라고 노래했지만 뜻밖의 이별은 우리를 슬프게 한다. 세상에는 수없는 이별의 모습이 존재하지만 준비 없이 훌쩍 떠나 버리는 일은 살아 있는 이들에겐 긴 그리움이며 아픔이다. 그가 갑작스러운 사고로 세연을 마감한 지 몇 년의 시간이 흘렀으나 아직도 지인들은 그를 기억하며 추모사업을 하고 있다.

언젠가 부산 모임을 끝내고 열차역까지 동행하면서 이런 저런 대화를 나누고 플랫폼에서 각기 다른 열차에 오를 때 서로 손을 흔들었다. 그는 그때도 해맑은 미소로 "다음에 또 봐요." 하며 배웅 인사를 했다. 이쯤에서 생각해 보니 그것이 이생에서의 마지막 인사가 된 셈이다. 그러니까 우리 삶에서 친교와 안부를 나누는 모임은 미루지 말고 먼저 악수를 청해야 그의 부재가 왔을 때 마음의 빚을 지지 않는다. 만남을 다음으로 미루기만 하다가 그 약속이 아주 다음 생으로 이월될 수 있으므로 매사에 말빚을 지면 안 되는 것이다.

성안 스님은 해인사 고려대장경 책임자로 재직하며 문화유산의 보존 관리에 그 누구보다 사명이 투철했다. 그 자리에는 그 어떤 이들보다 그 사람이 적격이었다. 사람은 노력과 정진을 통해 가장 자신 있게 할 수 있는 일을 만났을 때 능력과 성과가 달라지게 마련이다. 성안 스님은 마치 제 몸에 맞는 옷을 입은 사람처럼 그 진가를 유감없이 발휘했다. 아무리 생각해 봐도 대장경에 대한 그의 열정은 금생의 인연이기보다는 전생부터 해 왔던 일이 아니었나 싶다. 그렇지 않고서야 그런 일을 그토록 손쉽게 척척 해낼 수가 없는 것이다. 그 어느 시절 대장경 불사에 전념했던 공덕으로 환생하여 금생에 또 만났다고 설명할 수밖에. 그는 그렇게 대장경과 함께하며 스스로 행복했던 사람이다.

한 사람이 이 세상을 떠난다는 것은
박물관 하나가 사라지는 것이다.

아프리카의 어느 마을에서 고인을 추모하는 말이다. 한 인물이 세상을 하직하면 그 사람이 지닌 경험과 지식도 함께 소멸되는 것이다. 각자의 인생은 그 자체로서 무한한 이야기와 다양한 역사를 지니고 있는 박물관이기 때문이다. 이런 이유에서 그가 대장경 연구에 매진하다가 훌쩍 떠난 것이 못내 아쉽고 안타깝다. 그러나 그가 보여 준 왕성한 탐구정신은 고려대장경 보존과 전승에 소중한 업적이 되었다.

그가 떠난 뒤에도 봄꽃이 또 피고 있다. 봄날의 축제는 그리 길지 않다. 그는 남아 있는 우리들에게 생을 사랑하고 축복할 시간이 그리 많지 않다는 걸 가르쳐 준 셈이다.

수보 스님

모나지 않고 둥글둥글한

수보 스님을 아는 이들은 모두 그를 '하심下心 보살'이라 부른다. 자기를 낮추는 자세가 누운 풀처럼 한결같기 때문이다. 하심의 자세는 아만과 아집이 사라질 때 나타나는 행동이므로, 어떤 힘 앞에서 고개를 숙이는 비굴한 태도와는 의미가 다르다. 특히 그는 화를 잘 내지 않는 것으로 하심을 보여 준다. 그를 알고 지내는 동안 누구와 다투는 일을 좀처럼 보지 못했다. 옆에서 지켜보면 분명 화를 낼 상황인데도 목소리를 높이거나 얼굴을 찌푸리지 않는다. 한마디로 불리한 경계를 잘 다스리는 힘이 그에게는 있다.

바다는 잔잔하지만 바람을 만나면 파도를 일으키는 것처럼 사람 역시 어떤 상황을 만나지 않았을 때는 일상의 마음을 잘 다스린다. 그러나 자신과 거슬리는 상황을 만나면 통제하지 못하고 그 상황에 끌려가는 게 대부분이다. 수행에서는 이러한 상황을 '경계'라고 말하는데 이 같은 경계는 알고 보면 일종의 거짓 감정 같은 것이다. 상황이 사라지면 감정도 사라지는 까닭이다. 그래서 수행자에게 이러한 경계는 자신의 수행을 시험해 보는 복병과 같다. 수보 스님이 화를 잘 내지 않는 것은 그러한 상황에 쉽게 끌리지 않고 평상의 마음을 잘 붙들고 있기 때문인지도 모른다.

경상북도 김천 수도암에서 정진할 때의 일이다. 장대 같은 비가 쏟아지던 여름날, 먼 곳에서 수보 스님을 찾아온 손님이 있었다. 그를 찾아온 손님은 묘령의 여인이었는데 빗속을 걸어 힘들게 찾아왔다고 했다. 그는 우중의 손님을 일주문 앞에서 돌려보내고 선실로 돌아왔다. 어둑어둑하던 그 시각에 다시 산길을 내려가게 만든 그의 인정이 너무 매몰찬 것 같았다. 그리고 한참 후에야 손님에게 그렇게 할 수밖에 없었던 속사정을 알게 되었다. 자신이 그 여성에게 더 마음이 흔들릴까 봐서 스스로에게 엄격해질 수밖에 없었다는 것이다. 인정이 농후하면 언제든 함정에 빠질 수 있는 게 수행 길이다. 젊은 시절에 나타날 수 있는 이성의 마장을 수행자의 비정한 모습으로 이겨 내고 있었던 것이다.

그는 참 부지런한 사람이다. 기가 질릴 만큼 부지런하다. 새벽부터 잠들 때까지 잠시도 쉬지 않고 무슨 일이건 뚝딱거린다. 그가 머무는 절에 가 보면 방은 물론이고 마당 곳곳에도 티끌 하나 없다. 아침 공양을 하기 전에 반드시 청소를 하는데 마당이 깨끗한데도 비질을 한다. 게으름을 피울 수 있는 독살이 처소임에도 불구하고 그가 사는 도량의 가풍은 늘 긴장이 살아 있는 총림의 대중살이 같다. 그리고 절약 정신이 몸에 배어 있다. 전등 하나도 환하게 밝히지 않고 꼭 필요한 등만 켠다. 늦은 밤 그의 절은 앞이 보이지 않을 정도로 캄캄하다. 법당 앞 석등의 불빛이 칠흑의 어둠을 밝혀 주고 있지만, 이 또한 보름달이 환한 날이면 켜지 않는다. 이러한 태도를 보면 그가 마치 꼬장꼬장한 노스님처럼 느껴진다.

아마도 이러한 수행 자세는 오래전 입적하신 그의 은사 문성 노스님의 훈화 때문일 것이다. 백 세를 사시면서 하루도 예불과 울력을 거르지 않았던 노스승의 유지를 지금까지 받들며 살아가는 것이다. 단 하루도 수행자로서의 본분을 잃지 않았던 노스님의 일과에 견주면 수보 스님의 이런 행동은 게으른 일상인지도 모르겠다. 지금도 이 절에서는 목침木枕을 쓰고 있다. 수행자가 편안한 베개를 쓰면 꿈이 많아지고 마魔가 치성한다는 부처님의 가르침 때문에 예부터 절집에서는 딱딱한 목침이 사용되었으나 요즘은 솜 베개가 많아지는 시대다. 목침을 베고 잠든 그를 보면 한 스승이 남기는 사상과 가풍이 후학에게는 얼마나 중요한 수행의 근원이 되는지를 알게 된다.

수보 스님이 목욕을 무척 좋아한다는 것은 가까운 이들은 알고 있는 사실이다. 그만큼 청결한 성격이다. 밥을 먹다 음식물이 옷에 묻으면 곧바로 빨래를 하는 등 위생적인 습관이 몸에 밴 사람이다. 그래서인지 그는 목욕도 자주 한다. 목욕 시설이 좋은 선방에서 살게 되면 하루에 몇 번씩 몸을 씻는다. 그래서 그가 안 보이면 욕실에 가면 만날 수 있다는 우스개도 한다. 그의 때밀이 실력은 정평이 나 있기도 하다. 같이 정진하는 스님들은 그래서 그와 함께 목욕하는 걸 선호한다. 아주 시원하게 때를 밀어 준다. 마치 아버지가 아들 목욕시키듯 정성을 다하는 그에게 한 번씩 등을 맡기고 있으면 인간적인 정이 듬뿍 느껴진다.

그는 안거철마다 빼놓지 않고 선방에 나가 공부했다. 평소의 그 부지런함이 선방에 앉으면 화두에 매진하는 일로 바뀐다. 청량골을 세우고 앉아 있는 그를 바라보면 수행하는 일이 따로 정해진 영역이 아니라는 사실을 새삼 깨닫는다. 밥 먹는 일부터 목욕하는 일까지 그에게는 온통 수도자의 표정이기 때문이다. 무엇을 하더라도 수도자의 본분에서 벗어나지 않는 천생 출가자다.

수보 스님은 근래에 경상남도 양산의 작은 암자와 인연이 되어 암주庵主로 살고 있다. 여전히 쓸고 닦는 부지런함은 녹슬지 않았다. 잘 정돈되어 있는 그의 방과 깨끗한 절 마당을 볼 때마다 그의 성품이 저절로 느껴진다. 일전에 방문했을 때 감나무에서 직접 따서 보관하고 있던 홍시를 꺼내 주었는데 그 맛이 참 달콤했다. 수보 스님은 몇 해 전 큰 수술을 마치고 조심조심 몸을 보살피며 지내고 있다. 그의 건강이 호전되어 자주자주 그 홍시 맛을 즐기며 만나고 싶다.

설몽 스님

봄에 설몽 스님과 묘목시장을 다녀왔다. 우리는 매년 어린 나무를 구해 와 도량 곳곳에 심었다. 이번에 설몽 스님은 마가목, 헛개나무, 두릅나무, 감나무 등을 구입했고, 나는 도화, 홍매, 벚나무 등을 새 식구로 만들었다. 나는 꽃이 화사한 것을 선호하지만 설몽 스님은 벌이 자주 모여드는 수수한 꽃을 좋아한다. 그럴 만한 이유가 스님에게는 있다. 과실수 종류는 약을 살포해야 하므로 벌에게 나쁜 영향을 미치기 때문에 방제 없이 피고 지는 약용수 종류를 심는 것이다.

설몽 스님 절에는 벌통이 무척 많다. 이른바 토종벌 생산자다. 그래서 절 입구에도 '아미타 한봉원韓蜂院'이라 적었다. 하루 일상 대부분이 벌과 관련되어 있으므로 나무 한 그루를 심어도 벌에 도움이 되는 것을 선택한다. 십 년 가까이 지켜보았는데 토종벌에 대한 스님의 열정과 관심은 대단하다. 해마다 시행착오를 겪으면서도 포기하지 않고 연구하고 도전하면서 위기를 극복해 내고 있다. 토종벌에 대한 애정이 각별하여 스스로 개발하여 특허 낸 것도 많은데 그 실력이 이십 년 한봉 농가보다 앞서서, 그 업종의 사람들이 궁금한 것을 물어보고 배울 정도다.

왜 그렇게 꿀 농사에 매진하는 것일까. 사찰 경영의 자립과 수행환경 조성을 위해서란다. 신도는 해마다 줄고 있고 출가자는 감소하는 상황에서 예전의 방식으로는 시골 절 운영이 어렵다는 결론을 내고, 산중에서 할 수 있는 수입원이 무엇일까를 고민하다가 토종벌 치는 일을 시작했다. 절 주변에 밀원蜜源이 많이 형성되어 있기에 그 자원을 잘 활용하면 될 것 같아서였다. 그러나 생각처럼 만만한 일이 아니었다. 양봉에 견주어 한봉은 전염병에 약하고 장수벌 등의 천적이 많아서 개체 수가 순식간에 사라지는 일이 발생하고, 기후가 받쳐 주지 않아 꿀 수확량이 줄기도 했다.

지난가을에도 채밀기를 앞두고 연일 비가 내리는 바람에 꿀이 절반으로 줄었다. 비가 오면 벌들의 활동이 둔화되어 저장해 놓은 꿀을 먹어 치우기 때문이다. 정말 꿀 농사는 하늘이 돕고 개인의 정성이 받쳐 주어야 가능한 일이구나 싶었다. 벌통만 가져다 놓으면 꿀이 거저 모일 것 같아도 생각처럼 되지 않는 것이다. 그 귀한 꿀을 선뜻 선물로 받았지만 그의 공력을 알기에 아껴 가며 먹고 있다.

나는 꿀 한 병이 생산되기까지의 과정과 수고를 지켜보았기에 그 값어치를 충분히 알고 있다. 쉽게 얻어 낸 한 병이 아니다. 새벽부터 밤까지 벌통을 관리하는 일에 혼신을 다하며 정직하게 생산해 낸 제품이다. 일벌이 일생 동안 모으는 꿀의 양이 고작 티스푼 10분의 1가량 된다니까 그 정도의 꿀을 모으려면 수십 만 번의 날갯짓을 해야 가능했을 것이다. 이러하니 꿀 한 병은 벌의 노력과 벌 치는 이의 정성이 골고루 담겨 있는 것이다. 어떤 때는 그 일에 전념하느라 끼니도 거를 때가 잦아서 간식을 챙겨 일부러 방문하기도 한다.

오늘도 저녁 공양 전에 들렀더니 종일 밖에서 일했다며 지친 기색이었다. 가난하고 고단한 삶으로 느껴졌다. 시골 암주庵主의 삶이 저렇게 힘들고 팍팍하다면 모두 사표를 낼 것이다. 그러나 스님은 성실하고 바르게 도량을 가꾸고 있다. 근면하고 절약하는 스님의 삶을 통해 내가 배울 때가 많다. 잠깐 저녁 공양을 마치고는 어두워지기 전에 벌통 문을 닫아 주어야 한다며 자리에서 서둘러 일어났다. 잠들기 전까지 일이 떠나지 않는 것이다.

설몽 스님은 우리 교단의 대표적 학승이며 법주사 주지를 역임했던 지명 대종사의 문하로 출가했다. 이러한 스승이기에 설몽 스님도 학승에 가까운 인물이다. 이미 속가에서 교육대학을 졸업했지만 출가 후 다시 종립대학교에 입학하여 선학禪學을 전공했으며, 저 멀리 티베트와 중국에서 공부한 이력이 있다. 아무래도 교수 옷을 입어야 할 사람이 허름한 작업복에 꿀 농사를 짓고 있으니 어울리지 않을 수 있다. 그러나 그는 경학에 몰두하는 시간보다 나누는 삶을 더 좋아하는 듯하다. 어렵게 만든 된장이나 꿀을 이웃에 서슴없이 퍼주는 것을 보고 놀랄 때가 많다. 나였더라면 아까워서 망설였을 일을 그는 앞뒤 셈하지 않는다. 그 공덕으로 다음 생엔 부잣집에 태어나라 축원했더니 티베트에 태어나길 원한다했다. 아주 넓은 대륙에서 동서남북 횡단하며 전법의 사명을 다하겠다는 그의 원력이 다음 생에는 꼭 성취되리라 믿는다.

지장사는 우리 절 인근에 있어서 자주 왕래하며 지낸다.

수시로 공양도 하고 차를 나누는 격의 없는 사이다. 나는 밖에서 공양을 할 때 늘 그에게 전화를 건다. 이 시각까지 굶고 있지는 않을까 하는 걱정에 공양을 챙기고픈 마음에서다. 출가 시기는 나보다 늦었지만 연배가 비슷하여 그 어떤 도반보다 정을 보태며 안부를 묻는 편이다. 서로 일이 바빠 며칠 못 보면 한 달이라도 된 것처럼 길게 느껴지기도 한다.

그는 기계 다루는 능력이 뛰어나 해결하지 못하는 일이 거의 없다. 혼자서 척척 다 해 낸다. 목수 일도, 미장 일도, 고장 난 물건을 수리하는 일도 그리 어렵지 않다. 심지어 하우스를 조립하거나 돌집을 짓는 일도 혼자서 다 하는 편이다. 어깨너머로 보았거나 독학으로 배운 실력이다. 덕분에 우리 절에도 어려운 일이 생기면 그가 연장통을 들고 출동한다. 겨울철에 수도관이 터져 물이 철철 넘칠 때 그가 나타나 해결해 준 적이 있다. 이렇게 우리 동네의 '맥가이버'라서 나는 늘 든든하다.

봄이 오기 전 이웃 절에 들러 일을 도와주고 왔다. 은행나무 한 그루를 잘라 주는 작업이었는데 혼자서는 엄두도 못 낼 일을 쉽게 해내는 것을 보고 또 감탄. 그는 그런 사람이다. 골머리 앓거나 계산하지 않고 일을 해낸다. 어쩌면 순박한 기질이다. 그래서 늘 이익 보는 일보다 손해 보는 일이 더 많은지 모르겠다.

올해는 내가 살고 있는 이곳에도 벌통을 가져다 놓겠단다. 사찰 주변에 밤나무가 우거져 있어서 채밀하기에 유리하다는 것이다. 스님 덕분에 올해는 우리 절에서도 달달한 토종꿀을 맛볼 수 있는 기회가 생긴 셈이다. 어쨌거나 올해는 스님의 꿀 농사가 큰 장애 없이 수확되면 좋겠다. 그래서 재정 자립 기반을 형성하고 청정수행 도량으로 잘 유지했으면 하는 바람이다. 그는 농사의 승패와 상관없이 꿀 이야기를 할 때 제일 행복해 보인다.

율장에는 꿀을 탐하는 것은 절도죄에 해당한다 하여 금하고 있다. 이러하므로 설몽 스님은 늘 미안한 마음과 고마운 마음을 지니며 산다. 지난겨울부터는 동사凍死하는 벌을 줄이기 위해 벌통 전부를 따뜻한 제주도 지역으로 이주시켰다. 봄이 되면 다시 배편을 이용해 지장사로 데려오는 수고를 해야 한다. 이런 번거로운 일도 생명을 존중하는 설몽 스님이기에 가능하다. 그는 진정으로 벌을 사랑하며 꿀을 만들어내는 달콤한 수행자다.

지묵 스님

무궁무진한 이야기 보따리

　지묵 스님은 인상이 참 푸근하다. 마치 집안의 큰형님 같은 느낌이 든다. 오랜만에 만나도 어제 만난 사람처럼 어색하지 않은 그런 스님이시다. 이런 느낌을 친화력이라고 표현하는지 모르겠지만, 아무튼 스님은 처음 만나는 사람일지라도 금세 스스럼없이 웃게 만드는 힘을 가지고 계신다.

　전라남도 순천 송광사에 살던 시절 지묵 스님은 교무 소임을 맡고 계셨는데 가끔 율원律院에 들르곤 하셨다. 차 한 잔 나누면서 이야기가 시작되면 시간 가는 줄 모르고 스님의 말씀에 빠져들었다. 스님의 언변은 시냇물이다. 막힘이 없이 좔좔 흐른다는 뜻이다. 스님의 입을 통해 영화 한 편이 상영되기도 하고, 책 한 권이 그냥 읽히기도 한다. 극장에서 보는 것보다 더 흥미진진하고, 책상에서 읽는 것보다 더 재미있다. 그래서 스님과 앉아 있으면 시간의 개념을 잊게 된다.

한번은 아침부터 시작된 이야기가 점심 공양 후까지 이어진 적도 있었다. 그 당시 선방 스님들에게도 지묵 스님의 지대방 입담은 이미 소문이 나 있을 정도였다. 지묵 스님이 차 한 잔 나누려고 선원 지대방 쪽으로 발길을 옮기면 모두들 자리를 슬슬 피했다고 한다. 지묵 스님의 이야기에 빠져들면 다른 일을 미루어야 하기 때문이다. 그만큼 말씀을 실감나고 맛깔스럽게 진행하시는 것이다. 법정 스님과는 마주 앉아 밤낮으로 이틀을 이야기했다는 전설이 있을 정도였다.

아마 이러한 입담은 스님 특유의 성격도 있지만, 무엇보다 제방 선원에서 수행한 이력과 풍부한 여행의 경험 때문일 것이다. 출가하기 전 무전여행하던 시절과 엿장수 시절 이야기만 해도 하루가 모자란다. 각 사찰에 얽힌 설화와 외국 여행담까지 풀어놓으면 한 달도 빠듯하다. 마치 천일야화千一夜話의 주인공 세헤라자데만큼이나 이야기 보따리가 무궁무진하다는 것에 놀란다. 조사어록 구절이 줄줄 나오는가 하면, 동네 약장수 실력을 능가하는 의학정보도 쏟아져 나온다. 한마디로 움직이는 백과사전이나 다름없다. 게다가 이러한 이야기는 귓등을 스치고 마는 그런 잡담이 아니라 머리에 쏙쏙 들어오는 소참법문이라는 사실이다. 아마 한여름 밤의 별빛 아래에서 스님 이야기를 듣는다면 더 달콤하게 가슴에 남을지도 모른다.

스님의 글 또한 이러한 성품을 닮아 이야기하듯 막힘없이 이어진다. 문장 하나하나가 마치 사람을 앞에 두고 있는 것 같다. 스님이 처음으로 쓰신 수상집隨想集『죽비 깎는 아침』을 처음 읽을 때도 그랬지만 스님 글은 눈을 뗄 수 없게 만든다. 단숨에 다 읽어 버리게 하는 흡인력 있는 그 문체를 늘 배우고 싶다. "뻔뻔스러워야 글을 쓸 수 있다."는 스님의 지론은 내게 하나의 지침이며 교과서다. 이 말은 뒤집어 보면 억지로 글을 짜내지 말고 솔직 담백하게 쓰라는 뜻이기 때문이다. 그래서 글 쓰는 일로 따지자면 지묵 스님은 내게 있어서 스승이었던 셈이다.

송광사에서 스님의 수련회 일을 잠깐 도운 적이 있다. 수련회에 관해서는 박사학위를 받고도 남을 분이다. 사자루獅子樓에서 스님 손을 거쳐 간 수련생만 모아도 수천 명은 족히 될 것이다. 한번은 한 수련생이 입선 시간보다 오 분 늦게 들어온 적이 있었다. 이때 스님은 사정 봐주지 않고 그 자리에서 퇴방 조치를 내리는 것이었다. 그 수련생은 눈물을 흘리며 밖으로 나갔고 나머지 수련생들은 좌선 시간으로 이어졌다. 잠시 후 스님이 내 곁으로 오셔서는 방금 나간 수련생을 붙들라고 귓속말을 하시는 게 아닌가. 결국 그 수련생은 율주이셨던 보성 큰스님이 지묵 스님에게 공개적으로 양해를 구하는 방식으로 다시 동참할 수 있었다. 그날 스님의 그런 행동으로 느슨해진 수련회 분위기는 다시 팽팽해졌고, 그 수련생에게는 인정을 잃지 않으면서 미덕을 보인 것이다. 밖으로는 원칙을 강요하지만 안으로는 융통성을 발휘했던 대표적인 일화이다. 수련생을 다루는 이러한 스님의 솜씨 때문에 송광사 수련회는 엄격한 규율과 아울러 인정과 감동이 넘치는 수련회로 성황을 이루었다.

독살이 토굴에 안주할 나이가 되었는데도 대중 생활을 고집하시는 스님의 수행 자세는 후배들에게 늘 본보기가 되었다. 한곳에 오래 안주하는 생활을 싫어하여 홍길동처럼 이 절에서 저 절로, 영국에서 인도로, 또 중국에서 티베트로 종횡무진 행각하신 것은 아닌지 모르겠다.

중국 선종을 답사하고 쓴 『달마와 혜능』 책자를 보내 주셨는데 오랫동안 인사를 올리지 못했다. 그 후 송광사의 말사로 등록되어 있는 선문禪門의 고찰 전라남도 장흥 보림사 주지를 맡아 전법교화에 여념 없다는 소식을 들었다.

그런데 스님을 괴롭히던 지병이 악화되어 결국 회복하지 못하고 열반하셨다는 부음이 전해져 왔다. 정을 나누었던 후배로서 비통한 마음 금할 길 없다. 단순히 한 사람의 수행자가 떠난 것이 아니라 선교율禪敎律을 겸비했던 대종사大宗師를 잃은 것이기에 우리 교단의 큰 손실이 아닐 수 없다. 다시 큰 빛으로 우리 곁에 돌아와 못다 한 과업(중생제도)을 완수하시리라 믿는다.

노래 잘 부르는 태경 스님

태경 스님은 아주 유쾌한 도반이다. 그와 종일 같이 있어도 힘들거나 짜증스럽지 않다. 바로 태경 스님의 입담과 익살 때문이다. 어쩌다 그와 함께 여행을 해 보면 해학이 넘치는 재치와 유머로 인해 여정이 더 즐겁고 신난다. 가는 곳마다 웃음꽃이 피고 폭소가 터진다. 그와 있으면 정말 배꼽 잡고 마음껏 웃을 수 있어서 좋다. 시들시들하던 기분도 스르르 풀어진다.

미국 스탠퍼드대학교 윌리엄 프라이 박사의 발표에 의하면, 크게 웃을 때 우리 몸속의 650개 근육 중 안면근육 80개를 포함하여 모두 231개 근육이 움직인다고 한다. 이 같은 결과는 에어로빅 오 분 효과와 같다고 하니까 한 번씩 박장대소할 때마다 엄청난 근육 운동을 하는 셈이다. 고혈압과 스트레스 등 현대 질병도 알고 보면 웃음의 사각지대에서 오는 병이다.

이런 점에서 본다면 태경 스님은 훌륭한 웃음요법 치료사나 다름없다. 그는 늘 좌중을 즐겁게 만든다. 그래서 어디에서나 인기 만점이다. 그를 오 분만 보고 있으면 울던 사람도 웃음보를 터뜨린다. 그만큼 사람을 즐겁게 하는 재주가 다양하다. 요즘 유행하는 말로 개인기가 많은 사람이다. 가수 모창에서 성대모사에 이르기까지 그의 재주는 개그맨을 능가한다. 특히 그가 잘하는 모창은 나훈아 노래이다. 얼굴을 보이지 않으면 한 번쯤은 진짜 나훈아로 착각한다. 그래서 그의 별명이 '너훈아 스님'이다.

웃음을 유발하는 행동이나 표정을 코믹이라고 말한다. 코믹한 그의 재주는 해인사 학인 시절부터 이미 산중에 소문이 자자했다. 오월 단오 때마다 산중에서는 체육대회가 열리는데, 축구와 배구가 주 종목으로 치러진다. 그런데 태경 스님이 해인사에 살기 시작하면서 단옷날이면 더 재미있게 운동 경기를 구경할 수 있었다. 그가 입담을 발휘해 축구경기를 아나운서처럼 생생하게 중계했기 때문이다. 축구도 박진감 있지만 그의 중계방송이 더 현장감 있었던 것 같다. 그 다양한 축구 용어를 재빠르게 구사하는 걸 들으면 진짜 아나운서 경력이 있는 사람으로 여겨질 정도다. 그가 대구불교방송에서 포교 프로그램을 진행한 것도 알고 보면 이러한 순발력 때문이다.

인도를 여행할 때의 일이다. 한 무리의 여학생들이 선생님을 따라가다가 갑자기 태경 스님에게 몰려들었다. 학생들을 인솔하던 선생님은 그것도 모르고 혼자서 저만큼 가고 있었다. 어린 학생들이 그를 둘러싸고 사인해 달라고 조르는 광경은 마치 유명 스타의 공연장 같았다. 지나가던 여학생들을 향해 태경 스님이 유명 배우 제스처를 보였는데 그것이 여학생들의 호기심을 자극한 모양이었다. 선글라스를 끼고 태연하게 사인해 주는 그의 모습이 정말 배우나 다름없었다. 이처럼 그의 행동은 때때로 익살스럽고 즉흥적이다.

이러한 유머 있는 모습 때문에 수행자적인 면모가 잘 드러나지 않는다. 그렇지만 예불하고 기도할 때 그의 자세는 확 달라진다. 열심히 기도하고 있는 그의 모습을 보고 있으면 남을 잘 웃게 만드는 일은 수행의 한 방편일는지도 모른다는 생각이 든다. 한때 그는 설악산 봉정암과 선운사 도솔암에서 백일기도를 주야로 한 적이 있다. 칠 일 밤낮을 법당에 서서 기도하여도 피곤하거나 지치지 않았다고 한다. 그때 그는 자신의 내부에서 들려오는 또 다른 목소리를 들을 수 있었던 것 같다.

경상북도 청송 주왕산에서 천막으로 토굴을 짓고 정진할 때는 정말 업식業識이 맑았다고 한다. 하루는 읍내에 갔다가 산으로 오는데 마을 청년들이 계곡에서 고기를 잡고 있었다. 전기를 이용해 물고기 잡는 잔인한 방법을 쓰고 있는 청년들을 보고 "중화요리 사 줄 테니 고기 잡지 마시오."라고 말했다. 그러나 청년들은 들은 척도 하지 않고 그 일을 계속하였다. 그 행동을 보고 '오늘 고기 한 마리도 잡히지 마라. 이놈들. 관세음보살!' 하고 기도를 하였다고 한다. 다음 날 마을 청년들이 찾아와서는 자장면 값 받으러 왔다고 농담을 하더란다. 깜짝 놀라 사연을 물어보니 "어제 스님이 지나가고 난 뒤로 경운기 시동이 자꾸 꺼져 전기가 통하지 않아서 고기를 한 마리도 잡지 못했다."는 이야기.

그의 기도가 신통으로 변한 예는 또 있다. 마을에서 키우는 개가 한 마리 있었는데 밤마다 개 짖는 소리 때문에 공부를 할 수 없었다고 한다. 하루는 공부를 하다가 "저 개는 목도 쉬지 않는구나."라고 말했는데 다음 날 마을을 지나면서 보니까 개가 목이 가라앉아 소리를 내지 못하고 낑낑거리고 있었다. 이같이 중생을 위한 간절한 기도는 그 힘의 전달력이 몇 배 강해지는가 보다.

여름 안거를 끝내고 강원 시절 도반들이 그가 머물고 있는 절에서 모임을 가졌다. 우리는 그 시절로 돌아가 여전한 그의 익살에 밤 깊어 가는 줄 모르고 웃을 수 있었다. 그 모임이 있은 뒤 가을이 깊어질 무렵 태경 스님의 장례식을 치렀다. 암 투병으로 힘든 시간을 보내다가 40대의 젊은 나이에 요절한 것이라서 그 슬픔을 가슴에 묻은 도반들. 그렇지만 그가 보여 준 무소유의 실천과 수행의 모범은 도반들에게 두고두고 수행의 지침이 되고 있다.

덕문스님

지금도 그리운 이

오랜 세월을 같이 있어도 기억 속에 없는 사람이 있고, 잠깐의 만남이라도 가슴에 오래 남는 사람이 있기 마련이다. 스치며 잊히는 가벼운 인연이 아니라 두고두고 꺼내 보게 되는 인연. 그런 이에게는 지나가는 바람일지라도 '무사히 잘 지내고 있는지' 안부를 부탁하게 된다. 이런 인연을 지니고 있다면 고단한 삶의 여정일지라도 따뜻한 위로가 될 것이다.

내 인생에서도 잠시 보았으나 지금까지 만나지 못한 수행자가 있다. 가끔은 그의 근황이 궁금하기도 하다. 백방으로 수소문하면 찾을 수는 있겠지만 굳이 그렇게 하고 싶지 않다. 내 젊은 날의 초상肖像으로 소중하게 간직하고픈 마음에서다. 세월이 묻어나는 주름진 얼굴을 확인하기보다는 풋풋했던 그 시절의 모습만 가슴에 지니며 살아가고 싶기 때문이다.

20대 시절 송광사 부도전浮屠殿에서 사계절을 보낸 적이 있다. 큰절에서 부도전으로 이어지는 이끼 낀 계단길이며, 입구의 울창한 대숲이 아주 인상 깊은 곳이다. 그때는 모든 방이 아궁이라서 군불을 때고 지냈다. 날이 질 때면 굴뚝마다 피어오르는 연기의 풍경과 더불어 장엄한 낙조를 감상하던 순간들이 수채화처럼 투명하게 남아 있다. 가끔 간경看經이나 좌선이 없는 시간에는 숲길 산책을 즐겼다.

불일암 가는 오솔길은, 감로암을 지나가는 코스가 있고 구산선사 탑전을 지나는 코스가 있었다. 나는 감로암 코스를 이용했는데 그 길은 일반인들에게 공개된 길이 아니었기에 언제나 호젓했다. 그 길에 서 있을 때마다 홀로 걸어가야 할 수행의 긴 회랑을 생각해 보았다. 출가는 인욕과 하심을 동반하나 그 길은 언제나 자유와 진리를 향하는 길이었다. 그래서 나는 그 무엇도 나를 구속하지 않는 숲속 오솔길이 좋

았다.

능선길이 끝나는 지점에 자리 잡은 불일암. 그즈음 법정 스님은 강원도 오두막으로 거처를 옮긴 때라 덕문 스님이 암자를 지키며 수행하고 있었다. 사실 그해에 송광사를 수행처로 생각하고 입방한 것은 법정 스님의 덕화에 동화되고 싶었던 것이었는데 계시지 않아 아쉬움이 컸다. 그 공간을 덕문 스님이 격의 없는 미소로 채워 주었다.

비슷한 시기에 출가한 우리는 마음이 잘 통했다. 여름날 국수를 자주 말아 먹었던 추억이 있다. 이른바 '불일암표 국수'였는데 조리법이 아주 간단했다. 면을 삶자마자 우물가에서 씻어 내어 간장 양념으로만 비벼 먹던 맛을 잊을 수 없다. 법정 스님이 손수 만들고 사용했던 '빠삐용 식탁'도 남아 있었다. 송판으로 얼기설기 만든 식탁에 홀로 앉아 먹으니, 마치 섬을 탈출한 빠삐용의 처지가 생각나서 붙인 이름이라 했다. 한 평 남짓한 부엌 벽에 붙여 놓은 다음의 문장이 내 눈에 들어왔다.

창공은 비어 있어 좋아라
백운은 착이 없어 좋아라
청산은 말이 없어 좋아라

덕문 스님은 툇마루에 앉아 텃밭을 보며 "스님께서 늘리지도 줄이지도 말고 그만큼만 가꾸어 먹을 것을 부탁하셨다."는 말을 전했다. 먹거리가 늘어나면 불필요한 과식을 하게 되고 결국은 수행에 전념하지 못한다는 뜻에서다. 이것은 불일암의 오랜 가르침인데, 지금도 그 유훈은 전통으로 지켜지고 있다.

그 시절만큼 긍지와 자부심이 충만하던 때는 없었다. 참고요했지만 뜨거웠던 나날들. 그러나 허리춤으로 허허로운 외로움이 지나가던 때이기도 했다. 그때 우린 젊었고 호기 넘쳤으며 구도 열정으로 가득했다. 금방이라도 도업道業을 성취할 것 같은 환상이 있었다. 그래서 도인이 있는 수행처를 찾아 진리를 물었고 그 회상에 머물기를 좋아했다. 또한 종권宗權 다툼으로 얼룩진 종단의 정체성에 실망하여 자정을 촉구하는 개혁대열에 나서기도 했다. 우리는 승가의 문제점과 전법의 목표와 사명을 주제 삼아 토론을 자주 했던 것 같다.

그는 법정 스님의 제자 서열로 아마 두 번째나 세 번째 정도 될 것이다. 그는 수좌로 운수행각하며 그 어떤 직분도 맡지 않고 있다. 아직까지 그가 어디서 주지 노릇을 한다는 소식을 듣지 못했고 무슨 모임의 좌장으로 있다는 말도 못 들었다. 정진할 때가 되면 선원 안거에 꼬박꼬박 참여한다는 것만 확인된다.

법정 스님의 철칙 세 가지가 세간에 알려져 있다. 첫째 주지 안 하는 것, 둘째 상좌를 두지 않는 것, 셋째 유교식의 옷을 입지 않는 것이다. 여기서 말하는 유교식으로 된 복식은 무릎 아래까지 내려오는 긴 두루마기이다. 그래서 불일암 식구들은 무릎 정도까지의 길이로 된 상의 승복만 입는다. 덕문 스님은 여태껏 이 세 가지 원칙에 딱 맞는 생활을 하고 있으므로 스승의 유훈을 충실히 계승하고 있다 할 것이다.

내가 머물던 사찰을 방문했을 때 다정히 챙겨 주지 못하고 성대한 공양을 대접하지 못한 것이 늘 마음의 빚으로 남아 있다. 법정 스님 다비식 때도 인파에 밀려 인사조차 나누지 못했다. 먼발치에서 봤지만 맑고 단정한 수행자의 풍모는 달라지지 않은 것 같아 반가웠다. 지금은 그이의 얼굴도 가물가물하고 목소리도 희미하다. 세월이 그렇게 지나갔다. 그의 기억 속에는 내가 어떤 모습으로 남아 있을까 문득 궁금해진다.

혜우 스님

눈웃음이 아름답던

　사람을 만나는 일이 전광석화처럼 빠를지라도 그 짧은 해후가 빗발처럼 깊이 스미는 인연이 있다. 오래도록 삶의 언저리에 남아 지워지지 않는 그런 인연 말이다. 더군다나 그 사람이 이 세상에 더 이상 존재하지 않을 때 그 인연은 애달프고 가슴 아리다.

　혜우 스님을 만난 것은 해인사 선원에서 첫 철을 지낼 때였다. 그때 나는 학인 딱지를 막 떼고 선원 문턱에 들어선 초

참初參 선객이었으므로 여러 가지로 수선修禪에 서툰 점이 많았다. 그 시절에 본 혜우 스님은 법랍은 나와 비슷했지만 승행僧行은 군대의 선임하사처럼 빈틈없었다.

그 시절엔 안거가 시작되면 구름처럼 산중에 모이는 선객들의 질서가 좋았고, 무엇보다 칼날처럼 번득이는 형형한 눈빛이 부러웠다. 호랑이와 한판 승부를 앞둔 포수의 안광眼光처럼 살아 있었다. 어찌 보면 한철 정진은 '화두 타파'라는 표적을 향해 정신을 집중하는 사냥터와 같다. 그러므로 눈빛이 살아 있다는 것은 견성성불의 목표와 수행자의 기상이 올곧게 서 있다는 뜻과 통한다.

혜우 스님이 바로 그런 수행자였다. 혜우 스님은 특히 눈웃음이 아름다운 사람이었다. 그 웃음이 그를 더 돋보이게 만든 배경이 된 것일까. 깊고 고요한 눈빛을 보면 금세 그 사람에게 매료되고 만다. 같은 수행자가 보아도 그는 늘 훤칠해 보이고 기품이 있었다. 결코 요란하지 않은 수행자의 조촐한 멋을 그는 아는 것 같았다. 수행자의 멋은 옷의 치장이 아니라 의식의 전환에서 오는 것임을 그를 통해 비로소 알았다.

하루는 빨래를 말린 후 손질을 하는데 자세히 보니 손 주머니가 없었다. 정확히 말하면 주머니가 달려 있었지만 주머니 입을 실로 기워서 쓰지 못하게 만들어 둔 것이었다. 이유를 물었더니 수행자는 주머니에 손을 넣어서도 안 되고 주머니에 물건을 넣는 것도 아니란다. 그 말을 듣는 순간 내 의식 속으로 섬광이 지나는 것 같았다. 무소유 정신 때문이 아니었다. 그렇게 자신을 점검하는 엄숙한 태도가 내게는 그 어떤 수도나 수양보다도 값진 것이었다.

그는 유난히 수염이 많았다. 그래서 그의 별명이 '산적'이다. 보름에 한 번씩 삭발을 하곤 했는데 삭발날이 가까워 오면 그의 얼굴은 수염으로 가득 찬다. 양쪽 볼까지 수염이 자라면 그는 도적떼를 몰고 오는 산적과 흡사하였다. 그런 그가 삭발날 깨끗이 수염을 깎고 나면 잘생긴 '훈남'이 된다. 그를 볼 때마다 수도승들은 삭발을 깔끔히 하여야 인물이 제 몫을 한다고 생각하게 된다. 삭발한 날 밤이면 우리는 뒷산 소나무 숲으로 간다. 소나무 가지에 걸려 있는 보름달을 보고 그는 노래를 한 곡 부른다. 달빛을 타고 그의 목소리는 어느새 소나타가 되어 밤하늘에 퍼진다. 이처럼 때로는 수행자의 모습으로, 때로는 인간적인 모습으로 내 곁에 있었다.

그는 집안의 삼대 독자라고 들었다. 어릴 때부터 집으로 스님들이 자주 찾아와서 법문을 했다고 한 것으로 보아 노모의 불심이 대단했던 모양이다. 그러했으니까 양금미옥良金美玉

으로 귀하게 키우던 아들의 출가도 반대하지 않았다는 후문
이다. 출가하여 마음공부 하는 일이 집안의 대를 잇는 것보
다 중요하다고 가르쳤단다. 그래서 출가 후 강원 공부 대신
선원에서 그렇게 마음의 실체를 찾아 피나는 정진을 하였는
지 모른다.

안거를 마치고 그가 내 사는 곳으로 찾아온 적이 있다. 하
룻밤 같이 자면서 목이 말랐는지 새벽녘에 냉장고 문을 열고
무언가 벌컥벌컥 마시는 게 아닌가. 그때 냉장고에 날짜 지
난 우유밖에 없었는데, 어쩌나 싶었다. 잠시 후 그는 배를 부
여잡고 방문을 박차고 나갔다. 그리고 동이 틀 때까지 몇 번
이나 해우소를 드나들었다. 그 일이 있고 몇 달 뒤 나는 그의
입적 소식을 들었다. 그때의 그 우유가 목에 자꾸 걸렸다.
가슴 아픈 그의 최후를 더 이상 되새기고 싶지 않다.

춤추는 이는 떠나 버렸으나 춤만이 남아 있고 노래하는 이
는 떠나 버렸으나 노래만이 남아 있다는 말처럼, 그는 불의
의 사고로 내 곁을 훌쩍 떠나 버렸으나 그의 미소는 지금까
지 가슴에 남아 있다. 한 수행자가 남긴 삶의 향기는 남은 자
에게는 두고두고 이정표가 된다. 그 어떤 어록보다 소중한
가르침으로 다시 살아난다.

무명 옷에 풀을 세워 걸을 때마다 서걱서걱 소리를 내던

혜우 스님. 그 소리를 이제는 뒤꼍을 지나는 바람으로 듣는다. 그를 떠올리면 사람과의 관계는 얼마나 알고 지내느냐가 아니라 어떻게 알고 지내느냐가 더 중요한 일인 것 같다.

환기 스님

묵|언|하|며　효|심　깊|은

환기幻機 스님은 묵언수좌라 불러야 옳다. 안거가 시작되면 환기 스님의 말문은 굳게 닫힌다. 그가 선방에 걸망을 풀면 가장 먼저 하는 일이 묵언패默言牌를 내놓는 일이다. 결제철마다 묵언수행을 한 지 십 년의 세월이 훨씬 지났다. 석 달 동안 말 한마디 하지 않고 정진하는 일이 쉬울 것 같지만, 마음을 길들이지 않으면 할 수 없는 수행이다. 입을 닫는다는 것은 마음을 놓는다는 뜻이다. 다시 말해 시비분별에 끌리지 않을 각오가 있어야 가능하다. 귀도 함께 막아야 마장이 적다.

입과 귀를 닫고 있으면 처음에는 답답하지만 어느 정도 익으면 오히려 확 트이는 마음이 된다고 한다. 말은 하지 않았을 때보다 했기 때문에 후회하고 실수하는 경우가 더 많다. 그래서 말을 하지 않으면 외부의 시비가 어느 정도 끊어지는 효과를 볼 수 있다. 그러면 내부의 소리에 귀 기울이는 시간이 많아진다. 그때 비로소 넉넉하고 정결한 자신만의 공간을 넘나들게 되는 것이다. 선은 순수한 집중인 동시에 철저한 자기 응시라고 말한다. 묵언을 통해 당당한 자기 목소리를 낼 수 있기 때문에 이 수행은 결코 벙어리 흉내가 아니다. 묵상을 통해 우리 안에 고여 있는 태초의 소리를 듣는 일이다.

환기 스님은 이러한 묵언수행을 통해 불필요한 말을 걸러내는 작업을 하는지도 모른다. 입단속을 한다는 것은 말을 줄인다는 뜻과 통한다. 묵언수행 후 환기 스님은 말수가 점점 적어지고 있다. 말을 마구 하지도 않고 핏대를 세우며 자기 주장을 내세우지도 않는다. 때때로 얼굴 가득 미소만 짓는다. 말을 잘한다는 것은 대화나 논리 이전에 따뜻한 가슴이 오가는 일이라는 것을 그를 통해 깨닫는다. 가끔 내 산거에서 하룻밤 신세를 질 때 언제나 나보다 먼저 일어나 길을 떠났다. 말 한마디 없이 떠난 그가 서운하기도 하지만 단정하게 정리된 이부자리를 보며 맑은 수행자의 향기를 느낀다. 난로가 소리 없이 따스한 열기를 전하는 것처럼 그의 성품도 이 같다.

환기 스님은 한때 목숨이 위태로울 정도로 병치레를 한 적이 있다. 큰 수술을 세 번이나 치르면서 육신의 덧없음을 실감하였다고 한다. 그 일이 환기 스님에게는 커다란 법문이나 다름없었기 때문에 다시 한 번 발심할 수 있는 전환점이 되었단다. 그 후 환기 스님은 몸을 돌보지 않고 용맹정진하고 있다. 여름 안거 때에는 각화사 선방에서 하루 열네 시간 정진을 마친 구참久參이기도 하다. 산철(해제 기간에 하는 정진) 수행도 마다하지 않던 그가 최근 느슨하게 정진한 것은 부모님의 병간호를 위해서였다.

환기 스님은 정말 효자다. 흔히 출가하면 부모와 이별하는 것으로 알지만 진정한 출가는 그 은혜에 보답하는 일이다. 그런 의미에서 출가는 단절이 아니라 또 다른 화해다. 부모의 아픔을 모른다면 그 출가의 의미는 지극히 개인적일 수밖에 없을 것이다. 환기 스님을 보면 '일등 수행자가 일등 효자'라는 공식이 딱 들어맞는다. 얼마 전 그가 느닷없이 운전면허를 취득한다고 학원을 다닌다는 말을 듣고 무심코 넘겼는데, 알고 보니 홀로 남은 노부老父의 간병을 위해서였다. 병원에 모시고 다니기 위해서는 운전이 꼭 필요했던 것이다.

겨울 안거 때 환기 스님의 어머니가 돌아가셨는데 주위 스님들은 아무도 몰랐다. 나는 줄곧 부고하지 않은 환기 스님 잘못으로 여기고 있었다. 그런데 그 자신도 몰랐다는 말을 한참 뒤에 들었다. 수련 중에 있는 환기 스님에게는 통보하지 말라는 노모의 부탁이 있었단다. 어머니의 그 잔잔한 불심에 가슴이 뭉클해졌다. 그러나 환기 스님은 어머니의 임종을 보지 못한 것이 내내 후회스러운 모양이다. 지금도 그 이야기를 할 때면 눈시울이 붉어진다.

몇 년 전 환기 스님과 미얀마 성지를 순례한 적이 있다. 그때 환기 스님은 몸이 불편한 노모를 모시고 함께 여행을 했는데 모자母子의 모습이 참 보기 좋았다. 노모를 부축하여 계단을 오르고 유적지에 나란히 서서 사진을 찍는 모습이 한 폭의 아름다운 그림이었다. 그때 이 땅의 모든 스님들이 부모에게 저렇게 할 수 있다면 아들을 산에 보내고 눈물짓는 부모는 없을 것이라는 생각을 하였다. 출가는 불효의 면죄부가 될 수 없고 산중이 불효죄의 치외법권이 될 수 없다. 승속을 막론하고 부모에 대한 효심은 갸륵한 것이다.

환기 스님은 속가에 잠시 머물기도 했다. 날마다 아버지의 병간호를 지극히 하기 위해서였다. 그나마 간호할 수 있는 것도 해제 기간뿐이다. 안거 기간이 되면 또 선방으로 향했다. 한 아들이 출가하면 구족九族이 천상에 난다는 경구가 있다. 그렇지만 이 말은 출가 자체를 말하는 것이 아니라 피나는 정진을 통해 깨달음을 성취했을 때 가능한 일이다. 환기 스님이 여구두연如救頭燃의 심정으로 공부하는 뜻도 여기에 있는 듯하다.

줄곧 선원을 옮겨 다니며 수행하던 환기 스님은 이제는 팔공산 사람이 다 되었다. 근래 몇 년 동안 대구 동화사 선원에서 조실스님을 모시고 일구월심 정진하고 있기 때문이다. 올해 초파일 무렵 내 거처를 불시에 방문하더니 저녁 무렵에 산중으로 떠나 버렸다. 그에게는 여전히 머뭇머뭇하지 않는 수행승의 기질이 남아 있었다. 그는 이제 선원의 구참久參으로서 대중을 통솔하고 후배들을 지도하는 법랍法臘이 되었다. 환기 스님이 지닌 수행의 온기가 바람에 흩날리듯 세상에 전해지길 기대한다.

동은 스님

1.

동은 스님은 속가俗家 아버지의 마지막 모습을 지켜본 적이 있다. 삼 개월 동안 폐암으로 고생하시는 아버지 곁에서 지극하게 간호하였다. 아픈 아버지를 모시고 사찰 순례도 다니고 폐암에 좋다는 약초를 구하기 위해 먼 길도 마다하지 않았다. 출가한 몸이지만 부모에게 효성을 다하는 모습을 옆에서 지켜볼 수 있었다.

사실 나는 중노릇의 절반 이상을 동은 스님과 보냈다고 해도 과언이 아니다. 한마디로 서로 그림자처럼 붙어 다니는 단짝 도반이다. 그래서 동은 스님 주변의 시시콜콜한 일까지도 다 기억한다. 아무리 몰래 다녀도 우리의 행동반경은 서로 손이 닿는 곳에 있다.

아버지의 임종을 지켜보면서 동은 스님은 마음에 와 닿는 공부를 하였다고 고백했다. 한 사람이 지상에서 사라져 가는 육신의 소멸을 똑똑히 관찰하면서 삶에 대한 문답을 하게 되었기 때문이다. '죽는 일만 정해지면 과정은 따라오는 것'이라는 진리를 깨달을 수 있었다고 한다. '어떻게 살 것인가?' 하는 물음은 '어떻게 죽을 것인가?'의 문제가 그 대답인지 모른다. 죽음은 분명한 인생의 매듭이기도 하니까.

아직까지 동은 스님은 세상에서 가장 훌륭한 사람을 '아버지'라고 말한다. 평범한 농부의 삶을 살다 가신 아버지의 일생이 올바른 인생의 길과 다르지 않았다. 수행자는 새로운 사건을 만남으로써 사상의 반전이 온다. 현재 처해 있는 시시각각의 상황을 자신의 혁명으로 전환하지 못한다면 수도하는 일은 공허한 위선이 되기 쉽다.

그의 팔뚝엔 세 개의 연비자국이 선명하게 있다. 하나는 출가할 때의 연비자국이고 또 하나는 병고로 신음하는 중생을 구제할 것이란 서원이다. 그리고 나머지 하나는 구도의 맹세이다. 젊은 날 난치병을 얻어 방황하며 격동의 시기를 보내다가 부처님과 인연이 되어 입산하게 되었고, 출가를 통해 새 삶을 선물 받았기에 그는 스스로에게 아프고 힘든 중생을 위해서 헌신하기로 약속했던 증표들이다. 몸을 돌보지 않고 자비를 구현하겠다는 자신과의 다짐이 아닐까. 그래서 그는 건강이 좋지 않음에도 불구하고 안거安居를 지키며 살았다. 그러면서도 출가 직후 지리산의 세 평 남짓한 토굴에서 잠자지 않고 공부했던 그 시절의 호기와 신심을 잊지 않고 고독한 정진을 하며 묵묵히 수행의 길을 걷고 있다.

동은 스님은 감성이 매우 여리고 투명하다. 길섶에 피어 있는 들꽃 하나에도 발걸음을 멈추는 그런 사람이다. 그는 노을과 바람을 좋아한다. 그가 저녁노을을 보기 위해 다닌 거리만 해도 우리나라 몇 바퀴는 될 것이다. 노을이 주는 목소리는 엄숙한 자기 점검이다. 사라지는 그 순간까지 빛을 발하는 노을을 통해 존재의 의미를 자각하는지도 모를 일이다. 그의 생활방식을 보면 바람의 속성 같다. 해인사에서 잠시 종무행정을 맡아 본 것을 빼고는 지금까지 줄곧 만행을 고집하며 다니고 있다. 어디에도 걸리거나 머물지 않는 바람처럼.

동은 스님은 월정사로 출가한 오대산인五臺山人이다. 그의 출가기出家記는 그림처럼 낭만적이고 아름답다. 여행의 종착점을 오대산으로 정하고 전국 산하를 순례하듯 다녔다고 한다. 어느 날 주머니를 보니 월정사까지 갈 여비 정도만 남았더란다. 월정사 일주문에 도착했을 땐 달랑 오백 원뿐이었는데 그것마저 법당의 불전함에 넣었단다. 출가의 뜻이 확고하여 되돌아 일주문을 나설 일 없다는 의미였다. 그때가 계절로는 낙엽이 분분한 가을이었다고 한다.

동은 스님은 손재간이 참 많은 사람이다. 그의 서체는 힘있고 자유롭다. 그래서 붓으로 쓴 그의 편지를 받으면 참 기분이 좋다. 그의 승복을 보면 꼼꼼하고 멋스러운 손재주를 알 수 있다. 옷깃이나 소매 등 해진 부분에는 옷감을 덧대어 바느질을 한다. 마치 재봉사가 처리한 것처럼 손질이 깔끔하다. 특히 양말을 기워 신은 모습을 보면 그의 솜씨와 함께 수행자의 살림살이가 느껴진다. 또한 그는 음식 맛도 잘 낸다. 그의 손이 닿으면 맛없는 푸성귀라 하더라도 싱싱한 미각으로 살아난다.

이러한 손맛 덕에 송광사에서 함께 지낼 때 밭일은 거의 모두 동은 스님 몫이었다. 오이도 잘 기르고 거름도 잘 주는 그의 농사 실력 덕분에 그해는 먹거리 걱정을 하지 않고 지낼 수 있었다. 지천으로 피어 있는 달맞이 꽃밭에서 달빛 담던 추억도 그가 아니면 생각해 낼 수 없는 일이다.

동은 스님이 봉암사에 살던 때를 생각하면 웃음이 난다. 어느 해 여름 안거를 지내고 있는 그를 찾아갔을 때 깜짝 놀랐다. 옻나무 새순을 많이 먹어 옻독 때문에 얼굴이 퉁퉁 부어 알아볼 수 없었던 것이다. 술 취한 사람처럼 시뻘겋던 그의 얼굴. 아무튼 그해 여름 옻독으로 인해 체질 개선을 잘한 덕분인지 해제하는 날에는 인물이 더 훤해져 있었다.

가끔 잠자는 그의 뒷모습을 볼 때가 있다. 수행자의 고독이 진하게 묻어난다. 그 고독을 그는 즐긴다. 수행자에게 고독은 삶의 실존인지도 모른다. 그래서 그의 삶이 가식적이거나 형식적이지 않다는 생각을 한다. 내 수행길이 궁색하지 않은 이유는 바로 그가 있기 때문이다.

이웃집 사람 만나듯 동은 스님과는 거리를 따지지 않고 자주 만난다. 세월이 지나도 그는 소년처럼 순수하고 맑다. 풍부한 감성과 고졸한 그의 심성은 시공을 넘어 사람을 끌리게 하는 어떤 힘이 있다.

2.

도반의 근황이 궁금했는데 히말라야 설산에서 찍은 사진

을 보내 왔다. 성자 파드마삼바바와 밀라레빠의 수행처를 순례하고 하산하는 길이라 했다. 그의 옆에는 언제나 내가 자리를 잡고 사진을 찍었는데 이번 여행길에는 일정이 어긋나서 동행하지 못한 것이 아쉽다.

동은 스님과 나는 도반 중에서 가장 자주 만나고 여행을 많이 했다. 근래에는 동은 스님과 베트남 달랏 지역을 여행하고 돌아왔다. 감염병 유행으로 인해 한동안 하늘길이 막혀 답답했는데 오랜만에 일정을 함께하며 웃을 수 있었다. 무엇을 하더라도 흉이 되지 않고 어떤 말을 하더라도 오해하지 않는 지기지우知己之友라서 어디든 동행할 일이 많다. 그래서 마음 터놓을 길동무를 꼽으라면 단연 동은 스님일 것이다.

우린 교토를 좋아하여 여러 차례 다녀왔다. 벚꽃 필 때 둘이서 은각사 철학의 길을 걸었고, 단풍을 보겠노라고 일부러 홍복사를 방문했던 것도 어제 일 같다. 그때 선림사에서 '돌아보는 부처님' 사진을 족자에 담아 내게 선물했는데 지금도 다실에 걸려 있다. 그와는 이래저래 참 추억이 많다.

여름에 나는 제주에서 한달살이를 감행했다. 여기서 '감행'이란 표현을 쓴 것은, 삶의 시점에서 몰록 선택하지 않으면 안 될 일이었기 때문이다. 주지 직무와 전법 활동에 매진하다 보면 장기간의 휴가를 내는 일이 쉽지 않다. 그러므로 어느 시점에서 과감히 쉼표를 찍지 않으면 성사될 수 없는 일이기도 하다. 그 한 달 동안 오롯이 나에게 집중하면서 휴식과 충전의 시간을 가졌다. 그 누구도 내 시간을 방해하지 않는다는 것, 마주해야 할 업무가 없다는 것, 아무도 나를 알아보지 않는다는 것, 이 세 가지가 나를 홀가분하게 했고 마음 가볍게 했다. 자신의 업무에서 완전히 자유로워져야 진정한 쉼이 된다는 것을 알았다.

그 한 달 동안 혼자 마을 길을 걷다가 한적한 카페에서 책을 보며 시간을 잊고 지냈다. 종종 애월 바닷가를 거닐며 해지는 풍경을 즐기다가 돌아오곤 했는데, 그날은 노을이 너무 아름다워서 동은 스님에게 사진을 전송했다. 그가 노을을 무척 사랑하는 성품이라는 걸 알기에 그랬을 테지만 아마도 그가 그리웠을 것이다. 마음이 통했던 것일까. 다음 날 그는 내 있는 곳으로 달려왔고 며칠 머물며 따듯하게 격려해 주었다. 그가 떠난 뒤 나에게 주고 간 편지 봉투를 열어 보며 울컥했다. 봉투 안에는 '제주 한달살이 멋진 휴가 보내길 - 道伴 동은'이라는 메모와 함께 금일봉이 들어 있었다. 그날따라 '도반'이라는 그 낱말이 얼마나 큰 위로가 되었는지 모른다. 내가 어떤 상황에 있든 나를 이해하고 응원해 줄 사람, 그이가 바로 동은 스님이다. 그의 명함에는 이런 글귀가 있다.

"행복한 사람은 '이미 있는 것'을 사랑하지만

불행한 사람은 '없는 것만' 사랑하는 사람입니다.

지금 행복하세요. 나중 행복은 없습니다."

이 표현이 좋아서 주변 사람들에게 자주 인용하며 알려 주었다. 그가 이런 법어를 강조하는 것은 건강이 온전치 않은 그의 삶이 가르쳐 주었기 때문이다. 동은 스님은 병마와 동행하는 수행길이라 해도 과언이 아닐 정도로 다양한 질병을 지니고 있다. 최근에는 돌발성 난청이 생겨 생활이 불편하다 했다. 한때는 허리 병이 심하여 강원도에서 경상도까지 침 치료를 일주일마다 다닌 적도 있다. 그때 통증으로 짜증이 나려 할 때마다 "살아 있으니까 아프다. 그러니까 감사하게 받아들이자." 하며 고통스러운 시간을 건너 왔단다. 건강이 더 나빠지지 않아 다행이라는 관점이다. 건강한 사람과 비교하며 없는 것만 구한다면 현재 가진 것도 행복이라는 사실을 모를 것이다.

이러하므로 그가 머무는 강원도 삼척 천은사 솔숲에 산책길을 만들어 명상법회를 열고 있다. 그가 주창하는 명상 이론은 '사는 동안' 명상법이다. 우리가 '사는 동안'에는 별의별 일이 다 생긴다. 그러니까 '사는 동안' 더 행복해야 하지 않을까. 참 마음에 드는 명상법이 아닐 수 없다. 죽어서 행복하고 싶은 이는 없을 것이다. '사는 동안' 행복해야 할 이유가 여기에 있다.

그와 벌써 삼십 년 세월 수행길을 걷고 있다. 아마 동은 스님이 곁에 없었더라면 나는 중심을 잡지 못해 방황하고 외로웠을 것이다. 가슴 시렸던 젊은 시절의 갈등과 번민도 그로 인해 위로받을 수 있었다. 그가 있어서 늘 굳세고 즐거웠다. 이런 인연이라면 다음 생에도 보리수하菩提樹下에 만나 서로 이끌어 주고 살펴 주는 다정한 도반으로 지내고 싶다.

지난해 봄에 천은사에 심어 주었던 황매화. 그의 요사채 뜰에서 잘 자라고 있다는데 이번 봄에는 보러 가야겠다. 여기엔 그가 심어 놓고 간 패랭이가 지천으로 번졌다. 우리는 이렇게 꽃을 보며 정을 나누고 안부를 전하며 지낸다. 벗을 표현할 때 쓰는 '붕朋'이라는 말은 두 달月이 서로 비춰 준다는 의미다. 그래서 친구는 서로 연마하고 서로 협력하여 성장하게 하는 존재인 것이다. 동은 스님과 나는 세세생생 그런 존재이길 기도 때마다 발원한다.

낭림 스님

낭림^{郎林} 스님은 흔하지 않은 특이한 이름 때문에 처음 만나는 이는 꼭 법명을 되물어 본다. 입에 익지 않으면 발음하는 일도 힘들다. 그래서 나이 드신 분들은 몇 년이 지나도 그의 법명을 잘 외우지 못한다. 스님네들의 법명은 대부분 중복되거나 역사적 인물과 관련되어 있게 마련인데 낭림이라는 이름은 한국불교인명사전을 검색해도 보이지 않는다. 얼핏 들으면 우습기도 한 그 이름을 가지게 된 인연도, 단순하고 넉살 좋은 그의 성격과 무관하지 않다.

봉암사에서 행자 노릇을 할 때 어느 날 큰스님께서 방으로 부르시더란다. 뜻밖에도 큰스님은 행자의 이름을 미리 지어 놓고 기다리고 계셨다. 이름을 여러 개 놓고서 마음에 드는 것을 집어 보라는 말에 얼른 '낭림'이라고 적힌 종이를 가졌단다. 그때 큰스님께서 껄껄 웃으면서 "무슨 뜻인 줄은 알고 집었느냐?"라고 물으셨는데, 행자의 대답이 오히려 선문답에 가까웠다. "한문이 쉽잖아요!" 지금도 이 이야기를 들으면 배꼽을 잡고 웃지만 이러한 낭림 스님의 재치 때문에 세상에 하나밖에 없는 이름을 가지게 되었는지도 모른다. 그는 평소에도 이처럼 엉뚱하고 파격적인 성격의 일면을 많이 보여 준다.

낭림 스님은 말을 잘하는 사람은 아니지만 때때로 그의 위트는 포복절도할 만큼 순발력을 발휘한다. 끊임없이 말재간을 부려 주위를 즐겁게 하는 이가 유머 있는 사람이라면, 위트 있는 사람은 말 한마디로 상황을 반전시킨다. 그래서 웃음을 유발하는 폭발력은 위트가 훨씬 강하다고 할 수 있다. 그런 점에서 낭림 스님의 위트는 펄펄 살아 있는 선사禪師의 활구活句처럼 시원하다.

한번은 이런 일이 있었다. 어느 신도가 찾아와서 그의 피부가 너무 곱다고 칭찬을 하였다. 그 말을 듣고 갑자기 한숨을 내쉬었다. 그 모습을 보고 앞에 있던 신도가 자신이 무슨 실수라도 한 줄 알고 당황하고 있을 때 그가 이렇게 말했다. "사실은 거울 볼 때마다 저도 놀랍니다. 피부가 너무 좋아서…." 옆에서 지켜보고 있던 나도 의외의 그 대답에 한바탕 웃음보를 터뜨렸다. 이같이 위트는 농담인 줄 알아차리는 그 찰나에 상황이 반전되는 것이다.

낭림 스님은 자기 고집과 개성이 강하다. 지나치면 아집과 독선이 되지만 때때로 수행자에게 이런 고집은 직립 수행의 한 과정으로 나타난다. 내부에서 일어나는 안일과 갈등을 길들이는 자기통제의 수단이 될 수 있기 때문이다. 낭림 스님에게 이런 고집은 집중력으로 나타나는 것 같다.

언젠가 눈 치우는 울력을 함께 한 적이 있다. 그해 겨울은 폭설이 자주 내려 눈이 겹겹으로 쌓여 있었다. 눈을 쓸고 나면 바닥은 온통 빙판이라서 미끄러지지 않게 길을 내기가 무척 힘들다. 삽으로 치우다가 나중에는 곡괭이까지 동원되는 큰일이 되었는데 나는 힘에 부쳐 포기하고 말았다. 그런데 해질 무렵까지 빙판의 얼음 깨는 그 작업을 쉼 없이 하는 것을 보고 그의 고집이 일상의 일에 어떻게 적용되는지 알 수 있었다. 또 한번은 삽자루가 부러진 적이 있었는데, 부러진 부분이 삽에 단단히 박혀 빠지지 않는 것이었다. 우리 성격 같으면 그냥 창고에 처박아 두고 말 것인데, 그는 수십 차례 망치질을 하며 씨름하더니 기어코 부러진 삽자루 조각을 떼어 내고 말았다. 일에 매진하는 적극적인 그의 모습에 또 한 번 놀랐다.

낭림 스님은 힘이 장사에 가깝다. 무거운 짐이나 돌덩이 같은 것도 그의 힘을 빌리면 쉽게 옮겨진다. 학인 시절 그의 힘은 절정이었다고 한다. 한번은 경승용차 한 대가 눈길에 미끄러져 차 한쪽이 개울가로 기울어진 일이 있었다. 그때 그가 팔을 걷어붙이고 차를 가볍게 들어 올리는 것을 보고 운전자가 함성을 지르며 박수를 쳤다는 이야기가 있을 정도다. 가만히 보면 그는 무조건 힘을 쓰는 게 아니라 지혜를 빌린다는 것을 알 수 있다. 마치 지렛대의 원리처럼 온 힘을 쓰지 않고도 자신의 힘을 몇 배 더 발휘하는 것이다. 한마디로 일머리를 알고 힘을 쓴다는 뜻이다. 무조건 힘이 좋은 게 아니라 머리가 좋다는 그 자신의 말이 백 번 맞는 것 같다.

그는 큰 체구에 어울리지 않게 만화를 무척 좋아한다. 만화책은 밤을 지새울 정도로 즐겨 읽고 텔레비전의 만화 프로그램은 아이들보다 더 훤하다. 가끔 혼자 만화를 보며 킥킥 웃고 있는 그의 모습에서 순수하고 맑은 동심을 느낀다. 한

곳에 오래 머물기를 싫어하는 성격이라서 자주 수행처를 옮겨 살지만 만화 좋아하는 마음은 어딜 가나 변함없다.

낭림 스님과 어울리지 못한 세월이 한참 되었다. 가끔 불교행사 때 만나면 간단한 안부만 물어보고 서둘러 헤어지기 일쑤다. 그와 지내던 그 시절에는 그나마 수행 생활에 여유와 멋이 있었는데 지금은 서로 바삐 살고 있다. 경상북도 안동 용수사 주지를 잠시 맡아 살더니 그것도 성가시다며 지금은 운수납자로 정처 없이 수행 중이다.

도일 스님

팔방미인의 수행자

키가 작아도 단단하고 야무진 이가 있다. 그런 인물이 도일 스님이다. 왜소한 체구지만 태산같이 크게 느껴지는 사람. 그것이 수행자의 품위이고 법력일 것이다. 이런 점에서 도일 스님에게 예의를 갖추어 선배로 모시며 수행길의 등대로 삼고 있다.

우리 문중에 권속들이 헤아릴 수 없을 정도로 많지만, 개인적으로 자주 교감하는 스님은 도일 사형이다. 모르는 것은 물어보고 아는 것도 배워 가며 삶의 길을 찾는다. 무슨 일이 있어 보는 사이가 아니라 시간을 내어 차도 마시고 공양도 함께하는데 그때마다 대화에 깊이 공감하게 된다. 해박한 지식과 풍부한 상식을 지닌 스님에게 늘 한 가지씩 귀동냥을 하게 된다.

한번은 기념할 일이 있다며 스님께서 공양 자리를 주선한 적이 있다. 길고 긴 소송이 끝나고 승소 판결을 얻어 낸 일을 축하하기 위해서였다. 그간의 사정과 내용을 공유해 왔던 나로서는 놀랄 일이 아닐 수 없었다. 대전 태전사는 건설사와의 소송 사건에 연루되어 대법원에서 패소하여 소유권을 상실하게 될 절체절명의 상황에서 도일 스님이 주지로 취임하여 재심을 통해 판결을 뒤집은 곳으로 잘 알려져 있다.

대법원 판결이 확정되면 당사자들은 인정하거나 포기하는데 스님은 판결문을 수차례 면밀히 검토한 후 결정적 오류를 발견하고 재심 신청을 하였다. 이로써 다시 소송전이 시작되었고 누가 봐도 불리한 법정 투쟁을 감행한 것이다. 그 세월이 자그마치 십오 년이 넘는 기간이었고, 도량 수호에 대한 스님의 의지와 원력이 아니었으면 감히 나아갈 수 없는 일이었다. 그 기간 내내 마음고생은 이루 말할 수 없었겠으나 관련 법률과 판례를 얼마나 심층적으로 분석했는지 오히려 변호사에게 근거 자료를 제공할 정도였다. 결국 승소까지 이루어 낸 이러한 일을 통해 스님의 끈기와 노력을 짐작할 수 있다.

이는 매사에 판단이 분명한 스님의 성품과 직관의 지혜가 받쳐 주었기에 가능한 일이었다. 내가 그런 입장이었으면 엄두도 내지 못하고 일찌감치 물러났을 것이다. 그때의 승소 판결은 우리 종단 역사에 길이 기록될 중요한 사건이기에 교구에서는 그 공로를 인정하여 중창주重創主 권한까지 부여했다. 종단의 재산을 되찾고 수행도량을 수복한 것이기에 당연한 포상일지 모른다.

이제는 분쟁에 놓여 있는 전국의 여러 사암에서 실무자들이 찾아와 스님에게 조언을 구한단다. 그럴 때마다 스님은 성심을 다해 경험을 토론하며 그들을 도와주고 있다. 이럴 때는, 평소의 도일 스님은 온화해 보이지만 어떤 목표 앞에서는 강단과 뚝심 있는 수행자라는 것을 인정하지 않을 수 없다.

도일 스님은 태전사 주지로 부임하기 전까지는 줄곧 학승과 강사로 불학 연구에 전념하고 후학 양성에 힘썼다. 한국고전번역원 1기생으로 졸업한 뒤 대만으로 유학하여 불교학을 취득하고 법주사에서 강주 소임을 맡기도 했다. 또한 모험심과 호기심이 대단하여 젊은 시절에는 중국의 산간 오지 마을을 여행하며 생명의 위협을 느끼기도 했단다. 어떤 목표를 정하면 좌고우면하지 않는 성품이 이때도 발휘된 것이다.

도일 스님이 아무리 주지 직무에 오래 머물지라도 그것은 어디까지나 '부캐'일 뿐이고 그의 '본캐'는 학식 높은 강사다. 나에게도 기회가 주어져 혜남 대종사의 전강傳講 제자가 되었는데 그 강맥은 대흥사 운기 스님의 학파이다. 그런데 놀랍게도 도일 스님은 이미 삼십여 년 전에 운기 노스님으로부터 전강을 받았다는 사실을 알았다. 이래저래 나와는 강학講學에서도 동문지간의 인연이 된 셈이다.

부처님께서 우리들에게 말씀하셨다.
"마음 다스리는 법을 잘 알려 줄 테니
너희들도 부지런히 배워 실행하고
깨끗한 마음을 지니고 해탈을 얻도록 하여라.
옳다 그르다 분별하지 마라.
그 어디에도 그 무엇에도 진정한 나라고 할 것이 없다.
참 나와 거짓 나는 분별해서 찾지 못한다.
사람이 바른 마음을 쓸 줄 알면
하는 일마다 좋은 결과를 얻을 것이다.

마음이 행복도 만들고 불행도 만들므로

모든 것은 다 마음에 달려 있다.

마음의 주인이 되어라. 마음의 주인이 되어라."

이 내용은 도일 스님이 직접 작사하여 찬불가로 다듬은 것인데,『금강경』의 핵심 사상이 잘 녹아 있다. 스님의 오랜 수행 연륜과 경학의 안목으로 압축하고 또 압축하여 우리말로 쉽게 풀어냈다. 여러 사람이 목탁을 치면서 염불하듯 노래하는 것을 보면서 생활 포교를 위해 얼마나 고심하는지를 알 수 있었다.

도일 스님의 찬불가 사랑은 익히 소문난 사실이다. 스님의 열정이 얼마나 대단한가 하면, 전국에서 개최되는 불교합창제에 거의 빠지지 않고 참여한다. 합창제가 열리는 곳에는 장소 불문하고 도일 스님이 계신다. 일전에 청주불교합창제를 열었는데 어김없이 달려와서 격려하고 찬탄해 주었다. 의식과 음악은 전법에 필요할 뿐 아니라 신앙의 정체성을 위해서도 반드시 갖추어야 할 요건이라 주장하신다. 당신이 독학으로 작곡 공부를 마친 뒤 직접 곡도 만들 것이라 했으니 이제는 그 불사도 머지않았다. 지칠 줄 모르는 스님의 탐구력에 박수를 보낼 수밖에 없다.

스님은 차*를 꼭 선물로 주신다. 대만의 차 산지를 훤히 알고 있을 정도의 차 마니아다. 차에 관한 질문을 하면 청산유수가 되는데, 밤을 새워도 모자랄 만큼 즐거운 표정이 된다. 올해의 내 소망은 스님을 모시고 대만의 차 전문점을 견학하는 일이다.

도일 스님은 취미도 다양한데 그중에 요리하는 즐거움을 빼놓을 수 없단다. 스님에게서 요리하는 레시피를 처음 들었을 때 그것은 일종의 반전이었다. 책만 보고 차만 마시는 선비로만 느껴지는데 앞치마를 두른 요리사는 감히 상상하지 못한 이미지여서 그랬다. 가을 산사축제에서는 인삼을 재료로 하여 문헌에 따라 재현한 대왕죽을 사찰음식으로 선보여 또 한 번 놀랐다.

스님을 뵈면 한 사람이 얼마나 많은 재주를 지닐 수 있을까 싶다. 분명 내가 눈치채지 못한 재주를 또 감추고 있을 것이다. 정말 못하는 게 없는 팔방미인 사통팔달 수행자다.

도후 스님

열정과 탐구의 소유자

도후 스님은 충청남도 천안 광덕사 근처 지장리 산골에 살고 있다. 그곳에 터를 잡고 손수 집을 지어 도량을 일구었다. 아담한 대웅전은 경상도 사찰의 나한전을 헐어 와서 고쳐 세운 것이다. 목재 하나하나에 일일이 번호를 붙여 해체한 후 지금 자리로 옮겨 조립하는 과정을 거쳤다. 그런데 이 모든 공정을 남의 손을 크게 빌리지 않고 도후 스님이 홀로 이룩했다는 사실이다. 이런 것을 보면 그의 눈썰미와 손재주가 비상하다는 것을 알 수 있다.

이렇게 해서 건물 세 채를 직접 지었는데 모두 그런 식으로 열정을 쏟은 것이다. 도후 스님의 뺨을 자세히 들여다보면 일자형 흉터가 있다. 대웅전 건축 작업을 할 때 기계톱이 스쳐 사고가 난 자리다. 지금도 그때의 일을 생각하면 아찔한 느낌이 든다고 한다. 정말 0.1밀리미터 차이로 중요 혈관을 피해 갔고 조금만 더 깊이 건드렸다면 목숨을 장담할 수 없었단다.

어느 날은 다리에 깁스를 한 채 목발에 의지하여 방문한 적이 있었다. 사정을 들어 보니 사다리를 타고 지붕 일을 하다가 낙상하여 뼈가 부러졌단다. 무엇이든 겁내지 않고 덤벼들어 일하는 그의 성격 때문에 이래저래 몸이 고생을 하는 편이다. 다리가 회복되자마자 지붕 수리를 마저 끝냈다는 연락이 왔다. 이제는 기운이 넘칠 나이도 아닌데 몸을 아껴 가며 일을 했으면 좋겠다.

그의 초암에는 봄이 되면 벚꽃이 만개하여 기막힌 장관을 연출한다. 일본에서 들어온 귀한 품종의 벚나무인데, 그 꽃의 빛깔이 하얀색에 연한 핑크를 칠한 듯 황홀하다. 삼십여 년 전 천안 각원사 경내를 조림할 때 몇 주를 얻어 와 심은 것이라 했다. 그 은은한 색감에 반하여 지난해 가을엔 묘목 한

주를 분양해 왔고, 올봄에는 꽃눈이 열리기를 기다리고 있다. 봄꽃이 지난 후 다른 벚나무에 접을 붙이면 이곳 절에서도 그 꽃을 군락으로 감상할 수 있을 것이다.

지난봄에는 나무수국 여러 그루를 자신의 차에 실어 와 주고 갔다. 언젠가 나무수국 이야기를 했더니 그것을 기억하고 묘목시장에서 구해 온 것이었다. 자신의 일이 아니면 무심하기 일쑤인데 남의 일까지 정성껏 챙기는 그런 스타일이다. 우리 절 개산開山 십 주년을 기념하는 선물이라며 값을 치르는 것도 사양했다. 살다 보니 그에게 은혜 갚을 일이 이래저래 쌓여 간다.

그의 공간에는 평소의 창의력이 반영된 작품들이 많다. 폐품을 활용하여 조성한 로봇 좌불이 그렇고, 쓰러진 나무 뿌리로 탄생시킨 군다리보살 조각도 그렇다. 한번 꽂히면 무엇이든 완성하고 마는 성미다. 그가 제작한 장작 난로는 특허를 낼 정도로 정교하며 효율이 높다. 몇 개의 장작으로도 반나절을 난방할 수 있도록 고안한 것인데 이 또한 자신이 설계하여 시공한 것이다. 그야말로 고효율 저비용의 기계인 셈이다. 이를 보면 그는 목수이면서 엔지니어이기도 하다.

나는 그의 저서 『선밀禪密』을 꼼꼼히 읽어 보았다. 그가 머무는 도량을 참선수행 장소로 운영하면서 신도들과 더불어 시간표를 짜서 참선 정진을 할 때 간간이 강의했던 내용을 정리한 책이다. 선의 핵심 요체를 군더더기 없이 서술하면서 과학, 천문, 역사, 예술에 대한 담론들이 철학적 사고와 과학적 사유로 잘 다듬어져 있었다.

　'수행은 정신과 육체에 대한 탐구이며 몸과 마음에 대한 실천적 궁구이다. 생로병사하는 육체는 영생불사가 꿈이고, 무지와 번뇌 망상에 사로잡히는 마음은 무지를 걷는 깨달음과 고요가 이상향이다. 몸의 장생불사의 꿈을 향해 매진해 온 인류는 이 어려운 꿈을 이룰 수 있는 문턱까지 왔다. 마음길도 마찬가지다. 붓다는 2500년 전 자각과 적멸의 심해탈心解脫을 설파했다. 인간의 신체 아래에는 영생궁이 있고 머리에는 적멸궁이 숨어 있다. 그리고 가슴에는 지복智福과 조화의 화엄 무애궁인 통화궁이 깃들어 있다. 수행은 이들을 일깨우는 것이다.'

　이렇게 수행의 원리를 매우 논리적이며 독자적으로 풀이하고 있다. 경상남도 창녕 출신으로 명문대를 졸업하고 스물여덟에 출가했다. 대학에서 철학과 물리학을 전공한 실력자답게 문장과 언변이 체계적이고 설득력 있다. 그래서 그와 있으면 배울 게 무궁무진하다. 한번은 오일러 공식을 소개해 주었는데 수학적으로 풀어 가는 그 방식에 감탄했다. 그런 설명을 들을 때마다 나는 "우린 문과라서 잘 몰라." 하며 웃어넘긴다.

그의 취미는 무협지 독파와 영화 몰아보기다. 무림 고수들의 호쾌한 대결을 전달할 때나 판타지 영화의 줄거리를 요약할 때는 신들린 사람처럼 줄줄이 왼다. 옆에서 듣고 있으면 인물과 지명 등을 정확히 알고 있는 그 기억력에 감탄할 뿐이다. 아무래도 그의 전생은 중국 계림 어딘가에 숨어 살았던 전설적 협객이었을지도 모를 일. 어떤 분야든 무한상상력을 동원하여 긍정 에너지를 발산하는 것이 도후 스님의 진면목이다.

지난해 여름 선방에 방부하여 한철 정진하더니 이번 여름에는 강원도 인제 용화사 법보선원에서 안거를 지내기로 했단다. 나이와 상관없이 진리에 대한 그의 열정과 탐구는 가히 타의 추종을 불허한다. 이번에는 한층 깊어진 그의 수행담이 기대된다.

일선 스님

도반은 수행길의 평생 벗이다. 그래서 출가 수행자에게는 도반이라는 말이 가장 정겹고 따스하다. 아마 스님네에게 도반이 없다면 수행의 길은 어둡고 막막할 것이다. 수행길에서 도반은 탁마琢磨의 개념이 더 크다. 모난 돌이 정을 만나면 반들반들 쪼아지듯, 도반은 서로 경책하고 점검하는 대상이라는 뜻이다. 도반을 통해 자신의 허물을 알 수도 있고 어긋난 행동도 고쳐진다. 그래서 옛 어른들은 도반을 잘 만나는 일

문득 돌아보니 늘 그곳에 있었다

은 공부의 절반을 성취하는 것과 다름없다고 하셨나 보다. 아닌 게 아니라 이러한 도반의 은덕으로 들쭉날쭉하던 내 성격도 둥글둥글한 조약돌이 다 된 것 같다.

많은 도반 가운데 늘 나를 돌아보게 하는 스님이 이곳 사바세계에 함께 살고 있다. 그 스님의 법명은 일선日禪이다. 그 이름만 불러도 도반의 인연이 된 것이 새삼 자랑스럽다. 그는 수행자로서 모범을 보이는 일등 수좌이다. 밥 먹는 일부터 잠자는 일까지 그의 행동은 수행인의 자세와 계율에서 벗어나지 않는다.

일선 스님은 절집에 들어와서 경학공부를 마치고 줄곧 선방에서만 정진하고 있다. 해제와 결제가 따로 없다. 안거가 끝나도 일주문을 나서지 않기 때문에 그를 도심에서 만나기는 좀처럼 쉽지 않다. 그는 한곳에서 정진하면 삼 년 결사를 한다. 지금까지 문경 봉암사, 김천 수도암, 지리산 칠불암에서 삼 년씩 공부하고 다시 봉암사에서 정진하기도 했다. 알려진 것처럼 봉암사는 상선원上禪院과 하선원下禪院으로 나누어 한철 살림을 산다. 하루 열두 시간 이상 정진하는 수좌들은 상선원의 선실에 앉게 되는데, 일선 스님은 철마다 이 선실의 터줏대감이다. 어느 해는 공부 잘하는 수좌들이 모인 덕분에 잠을 더 줄이고 한 달 동안 가행정진했다고 들었다.

어느 해 여름 봉암사에서 그를 만났을 때 마애불로 오르는 길에서 이렇게 말했다. "갈수록 참선이 힘듭니다. 십 년 이상 좌선 수행을 했으니 육체 조복調伏은 되었는데 번뇌 조복이 영 되질 않습니다. 청산에 앉았어도 구름은 걷히지 않는 것이지요." 좌복 위에서 허리를 세우고 앉아 있는 일은 종일 하여도 꿈쩍하지 않을 수 있지만 오히려 그러한 육체적 편안함이 공부에 방해가 되는 것을 걱정하고 있었다. 화두는 선명하지 않은데 도리어 고요한 상태에 빠지는 일종의 무기無記 현상이 나타난다는 것이다.

이러한 그의 표현은 실참實參의 수행에서만 가능한 목소리였다. 그러한 경계가 어디 이론과 지식으로 체험되는 부분이던가. 하루 여섯 시간만 앉아 있어도 어깨가 굳는 내 처지로서는 육체 조복도 깜깜한 단계다. 일선 스님은 그 단계를 이미 넘고 있었다. 고인古人의 말을 빌리자면 이제 수레를 끄는 소의 고삐를 잡는 일만 남은 것 같다. 일선 스님의 수행 과정은 아무래도 우행牛行에 가깝다. 천천히 신중하게 한 발 한 발 나아간다. 그러다가 깨달음의 기연을 문득, 반드시 만나게 될 것이다. 그의 안광眼光을 보면 풀릴 듯 풀리지 않는 고행길의 고뇌가 서려 있다.

해인사 백련암으로 출가한 스님 중에 강원에서 이력을 마친

이는 손가락으로 꼽을 정도다. 그것은 성철 선사의 선풍禪風과 유훈 때문이다. 평소 성철 스님은 경학 연구보다는 참선 정진을 적극 권장했고, 깨달음의 바른길은 돈오돈수에 있다는 것을 설파하셨다. 이러했으므로 백련암 출신 스님들은 강원에서 경학을 익히는 것보다 선원에서 선리禪理를 먼저 참구하는 길을 선택하는 것이다. 일선 스님도 출가 후 강원보다는 선원의 말석에 앉아 수좌 생활부터 시작했다. 그런데 일선 스님이 쌍계사 선원에 살고 있을 때 암자에 계신 노스님이 이런 말을 했다고 한다. "젊은 수좌! 나 또한 평생 납자의 길을 걸어오면서 아쉬움은 없지만 딱 한 가지 후회되는 일이 있네. 그 한 가지가 강원 공부를 못 해 본 것이오. 참선 공부는 평생의 일이지만 강원 공부는 시기가 주어지는 일이네. 참선은 너무 서둘지 말고 평생을 두고 차근차근 하시게." 노스님의 그 말씀에 생각을 되돌려 참선의 길을 잠시 멈추고 교학을 배웠던 것이다.

강원 시절 몸을 뒤척이다 잠을 깨 보면 어둠 속에 앉아 있는 실루엣이 보일 때가 많았다. 바로 일선 스님이 잠자지 않고 이불을 방석 삼아 정진하는 모습이었다. 그는 그때도 잠을 줄여 가며 정진하고 있었던 것이다. 지금까지 매일 한 차례 백팔참회를 빼놓지 않고 올린다. 그가 입고 있는 승복을 보면 무릎 부분은 헝겊으로 덧대어져 있다. 절을 많이 하기 때문에 그 부분만 닳는 까닭이다. 철두철미한 수행의 한 단면이다.

일선 스님은 도반이기보다는 수행의 지남指南으로 삼는 스승이라 말해야 옳을 것 같다. 강원에서 같이 지냈던 어떤 스님은 삭발날이 되면 일선 스님 몰래 욕실에서 그의 고무신을 씻어 놓았다고 한다. 그 정도로 도반들이 대견스럽게 생각하는 스님이다. 일선 스님을 보면 진정한 수행은 입으로 반복하는 것이 아니라 몸으로 실천하는 일임을 거듭 깨닫는다. 그는 도반이라는 이름표를 달고 우리 곁에 살고 있는 거룩한 선지식이다.

세월 흐른 지금도 일선 스님은 선방수좌로서 여여如如하게 지내는 중이다. 그 사이에 잠깐 서울 정안사 주지를 맡아 은사스님을 모시다가 다시 선원으로 돌아가 정진하고 있다. 안거 때마다 짐 꾸리기도 성가실 나이임에도 초심을 잃지 않고 운수雲水의 삶을 사는 것을 보면 그에게 배우는 교훈이 참 많다.

여경 스님

단풍길을 내달려 여경 스님이 머물고 있는 경상남도 산청 수선사를 다녀왔다. 한 해에 벌써 세 번째 방문이다. 지금까지 횟수를 따져보기 힘들 만큼 수십 차례 왕래했다. 가야산에서 한 달쯤 지낼 때는 수선사를 두 번이나 찾아가서 차담을 나누었다. 이렇게 자주 참배한 절이 있었을까 싶다. 과연 여경 스님에게 어떤 매력이 있어서 발걸음을 그리 향하게 할까 생각해 본다.

수선사는 각종 언론매체에 소개되어 유명해진 사찰이다. 천년고찰도 아니고 영험 있는 기도처도 아닌데 전국에서 사람들이 우르르 몰리는 곳이다. 적막해야 할 암자에 날마다 방문객들이 쇄도하고 있다. 산청의 시골 암자가 왜 이렇게 명소가 된 것일까. 그 이유는 여경 스님이 삼십 년째 손수 가꾸고 있는 정원 때문이다.

여러 사찰에 정원이 형성되어 있음에도 수선사 정원이 인기 있는 것은 '여백의 미'를 공간적으로 잘 연출하고 있다는 점이다. 잘 손질된 잔디마당과 연못의 조화가 절묘하고, 수목과 자연석의 구성도 우수하다. 전체적으로 그 배치가 매우 섬세하면서도 정교하다. 어찌 보면 치밀하게 계획된 아름다움을 보여 주고 있다는 느낌이랄까. 소품이라 할지라도 주인의 성격과 손길이 보인다.

스님은 돌 하나를 놓을 때도 생각을 수십 번 한단다. 한번 자리를 잡으면 다시 옮기는 일이 없도록 이리 재고 저리 재면서 신중하게 작업을 해야 효과적이라 했다. 작업을 벌이기 전에 면밀한 검토와 평가를 통해 실수를 줄이는 것이다. 이런 점에서 수선사의 건물은 품격 있고 세련된 멋을 지니고 있다.

여경 스님은 전문 정원사라 해도 손색없는 안목과 실력을 갖춘 수행자다. 소나무의 수형을 잡은 것이나 은목서를 키운 솜씨가 탁월하여 어디서 배웠냐고 질문할 때마다 손을 내저으며 "관심이 있으면 눈은 열린다."라고 말한다. 하긴 관심과 열정이 없으면 그 어떤 작품도 탄생할 수 없는 일이다. 계절과 상관없이 그곳은 언제나 진진찰찰塵塵刹刹 불국정토다.

나는 '선禪의 정원'이라 할 정도로 단순화한 수선사의 마당이 무척 마음에 든다. 그래서 그 기술을 배우기 위해 자주 왕래하는 것이다. 수선사에서 배워 온 여백의 멋을 이곳 마야사 정원에 응용한 것이 많다. 수선사 마당에 감탄하여 우리 절 마당도 잔디로 바꾸는 작업을 진행했고, 질서 없이 심은 나무는 과감히 옮겼다. 그러니까 여기의 정원은 수선사 정원을 벤치마킹한 것이나 다름없다.

그런데 수선사를 자세히 들여다보면 '노동의 시간'이 보인다는 것이다. 여경 스님은 이른 아침부터 저녁 늦도록 호미를 들고 정원 일에 몰두한다. 그렇지 않고서는 그토록 단정한 절을 유지할 수 없을 것이다. 결국 주인의 부지런한 노력과 시간이 명품 정원을 완성한 비결이 된 셈이다. 아무리 꽃들이 만발해도 잡초가 무성하다면 그 정원에 높은 점수를 주기 어렵기 때문이다.

십여 년 전 여기 마야사를 창건하던 때, 주변의 도반들이 수선사를 견학하길 권했다. 그곳 도량을 보고 나면 정원에 대한 기준이 달라질 것이라며 시간을 내 보라고 말했다. 마침 여경 스님의 안부도 궁금하여 봄날에 찾아갔는데 잘 정돈된 도량이 마음에 쏙 들었다. 결코 사찰이 크고 화려하지 않아도 명소가 될 수 있겠구나 하는 자신감을 얻게 되었다. 이런 점에서 여경 스님은 나에게 정원 미학을 알게 해 준 스승이다.

여경 스님을 통해 정원 꾸미기의 재미를 알게 되었고, 정리정돈이 상품이라는 철학도 전파하게 되었다. 낙엽 한 점 없는 완벽한 마당을 보았을 때 방문자들은 그 공간에서 고요와 평화를 얻을 수 있다. 그 어떤 법문보다 설득력 있는 풍경이 되는 것이다. 어쩌면 미래가 요구하는 종교는 나무와 꽃일지도 모르겠다.

14세기의 수도자 성 베르나르도는 "우리는 책보다도 숲에서 더 많은 것을 배울 수 있다. 바위와 나무들은 그 누구도 가르쳐 줄 수 없는 비밀들을 우리에게 가르쳐 줄 것이다."라는 명언을 전했다. 개인소득 삼만 달러를 넘기면 '가드닝'이 사회적 이슈가 될 것이라 예상한다. 그러한 시절이 도래하면 법당의 법문보다 숲이 전하는 법문에 더 열광할 것이다. 그러므로 사찰이 정원문화를 선도하여 포교 방법으로 적극 전

환해야 할 때다. 한국의 사찰은 천혜의 숲과 울창한 산림을 보유하고 있으므로 다른 종교와 견주어 보면 유리한 입장이다.

수선사는 주말마다 천여 명이 방문하는 번화한 사찰이 되었다. 웬만한 전통 사찰과 비교가 안 될 만큼 입소문이 났다. 정원 하나만으로도 전법의 수단이 될 수 있다는 것을 수선사의 여경 스님이 잘 보여 주고 있다. 우리 마야사도 그런 전법 도량이 되길 염원한다. 지난번에 방문했을 때 요사채를 수리하고 있었는데 지금은 어떻게 달라졌을까 궁금하다. 조만간 달려가서 여경 스님의 비밀을 구경하고 와야겠다.

[인용도서]
111쪽 : 『삼천 년의 생을 지나 당신과 내가 만났습니다』(성전 글, 마음의숲, 2009)
192쪽 : 『선밀禪蜜, 선을 두루 살피다』(소계 전산 글, 운주사, 2017)

문득 돌아보니 늘 그곳에 있었다

초판 1쇄 발행 2023년 5월 7일

지은이   현진
펴낸이   오세룡
편집   박성화 손미숙 윤예지 여수령 허승 정연주
기획   최은영 곽은영 최윤정
디자인   최지혜 고혜정 김효선 박소영
일러스트   신진호
홍보·마케팅   정성진

펴낸곳   담앤북스
                서울특별시 종로구 새문안로3길 23 경희궁의 아침 4단지 805호
                대표전화 02)765-1250(편집부) 02)765-1251(영업부)
                전송 02)764-1251
                전자우편 dhamenbooks@naver.com

출판등록   제300-2011-115호

ISBN   979-11-6201-394-6 (03810)
정가   16,000원